COBALT-SERIES

姫頭領、百花繚乱!

恋の病と鬼副長

彩本和希

集英社

姫頭領《ひめとうりょう》、百花繚乱《ひゃっかりょうらん》!
恋の病と鬼副長

目次

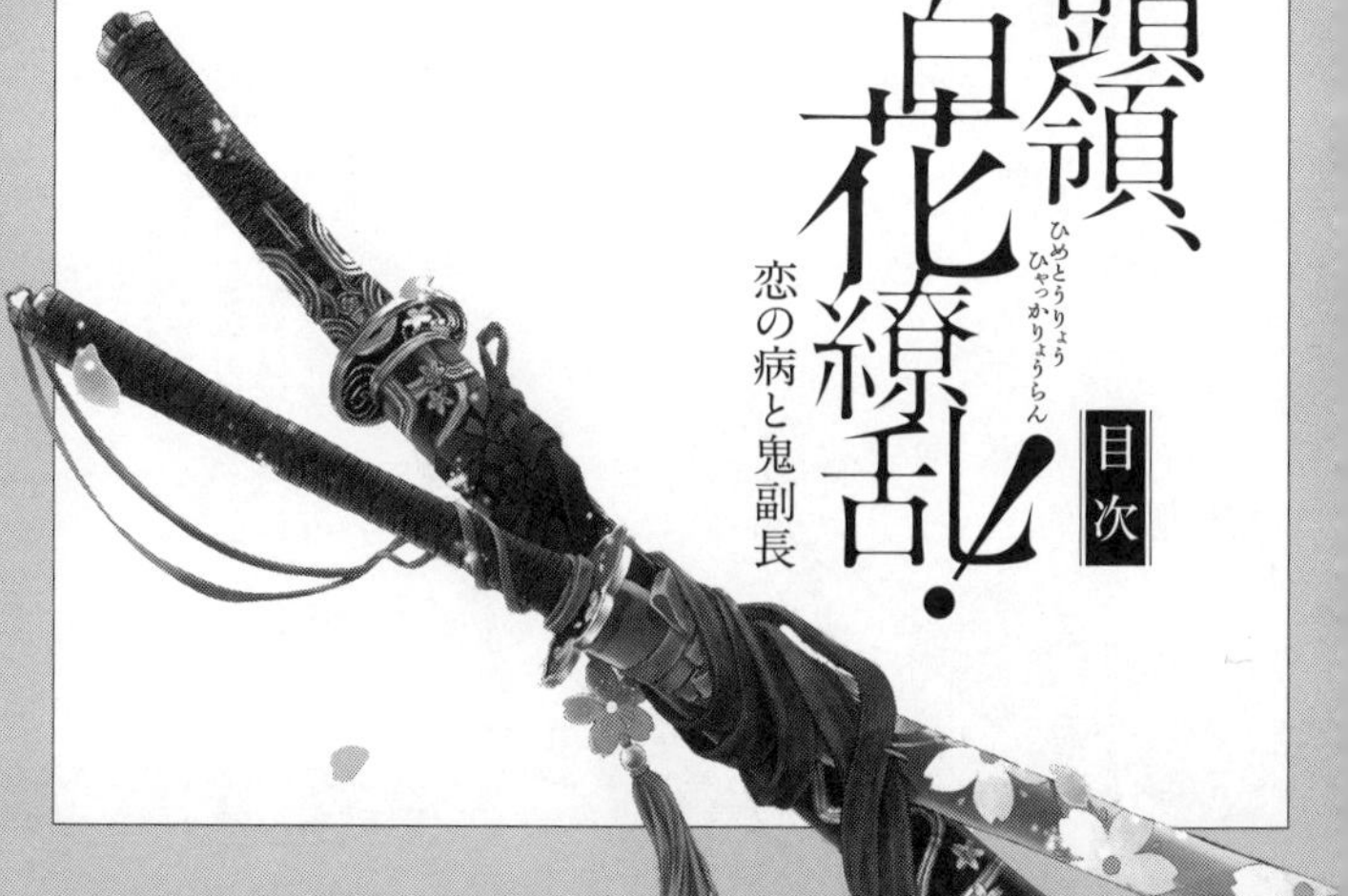

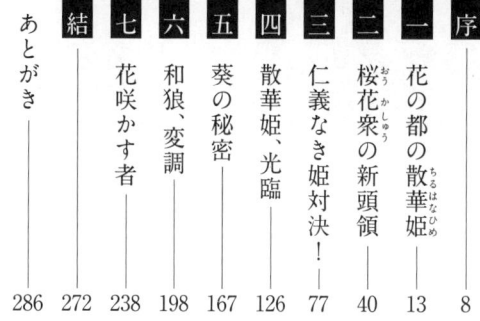

人物紹介
和狼《かずろ》才蔵《さいぞう》
五大公和狼家の御曹司で、
桜花衆の副長。
真面目でカタブツ。
隊士たちからは
鬼のように恐れられている。
飛龍《ひりゅう》葵《あおい》
十七歳。名門飛龍家の姫。
優れた剣の使い手で、桜花衆の頭領となる。
普段はおっとりした雰囲気の穏やかな性格。

豹堂《ひょうどう》圭介《けいすけ》
五番隊隊長。つねに笑顔で穏和な雰囲気。
鷹倉《たかくら》拾兵衛《じゅうべえ》
三番隊隊長。明るく威勢のいいお調子者。
蒼龍《そうりゅう》吉康《よしやす》
五大公のひとりで、海都を治める上様。葵を桜花衆の頭領に抜擢した。
見島《みしま》春海《はるみ》
桜花衆鑑定方の青年医師。つねにやる気のなさそうな雰囲気。
猪熊《いのくま》厳次郎《げんじろう》
桜花衆の一番隊隊長。美少女と見まがうような外見だが、剣豪。問題児でもある。

イラスト／くまの柚子

姫頭領《ひめとうりょう》、百花繚乱《ひゃっかりょうらん》！
恋の病と鬼副長

序

舞い散る花が、まるで紅蓮《ぐれん》の炎のようだった。

散らしても散らしても、そのたびに咲きほこる花は血のごとき紅《くれない》で、頭が痺《しび》れるような甘い香りとともに、夜陰の中を瘴気《しょうき》にも似た花粉が漂う。

剣を握る手は感覚をなくし、ともに戦っていたはずの仲間の姿も見えず、いつしか和狼《かずろ》は一人になっていた。花粉よけの覆面《ふくめん》をしていてさえ、濃い瘴気に目がくらむ。

上天の月は蒼白《あおじろ》い光を投げかけているものの、その光も鬱蒼《うっそう》と茂る植物の影に遮《さえぎ》られ、足下には黒い闇《やみ》が広がるばかりだ。

ひらきかけた大輪の花首《はなくび》を手にした剣で叩き落としたとたん、ぐらりと視界が揺れた。

（まずい……！）

傾《かし》ぐ体を止められず、思わず膝《ひざ》をつきかけた、その時。

瘴気を払う清涼な風に顔をあげた和狼は、目の前に小柄な人影が立つのを見た。

意識をなくしかけているのも忘れ、目をみはったのは、その人物が小柄なためではない。

（女？）

身につけているのは和狼と同じ、黒い小袖《こそで》に馬乗袴《うまのりばかま》といういでたちだが、あまりにほそく小柄な体は、いっそ子供と言っていいほど頼りない。

頭の後ろでそっけなく結った髪は月光を浴びて艶《つや》やかになびき、山猫のように琥珀《こはく》がかった瞳《ひとみ》がまっすぐこちらを見据えている。だが、和狼がおどろいたのは、明るい瞳の色のためではない。白く整った面《おもて》はあきらかに女。それも、二十歳《はたち》にも満たない娘のものだったからだ。

（なぜ、こんなところに）

ここは、海都湾《かいとわん》に造られた防衛のための浮島だ。

台場《だいば》と呼ばれる島の一角で発生した異形《いぎょう》の植物は、数日のうちに島全体を埋めつくし、手のつけようもないほど巨大な姿に成長していた。

現にいまも、和狼の周囲は見渡すかぎり、丸太ほどの太さの茎《くき》が伸びて視界をふさぎ、蛇《へび》のように長い蔓《つる》がうねりながら地を這《は》い、かたい葉を幾重《いくえ》にも茂らせている。

外来種《がいらいしゅ》と呼ばれるそれは、小太刀《こだち》のように長い棘《とげ》を持ち、大輪の花を無数に咲かせる植物で、遊女の唇《くちびる》のように紅《あか》い花がほころぶと、人を死に至らしめるほどの毒の花粉を噴き出す。

台場にはびこった花が大量の毒を吐けば、対岸の海都の街にも甚大《じんだい》な被害をもたらすため、和狼たちは夜を徹して剣を振るい、花を散らし続けていたのである。

目の前に立った娘は、いでたちや手にした剣から見て、和狼と同じ目的でこの場にいることに疑いなかったが、まさかこんな少女が紛《まぎ》れているとは思わなかった。

「何をしている。さっさと覆面をつけろ。死にたいのか！」

瘴気にかすむ目をすがめ、和狼はどなった。たちこめる毒の花粉の中、娘は口もとを覆面でおおうこともなく、無防備に立っている。年端《としは》もいかない娘を、誰がこんな危険な場所に連れてきたのかと思えば腹も立ったが、今は安全を確保するほうが先だ。

しかし、和狼の怒声にも娘は顔色を変えることはなく、眉《まゆ》を寄せただけだった。

「わたしはこのままでも大事ない。それより貴殿のほうが心配だ。動けるか？」

澄んだ声で反対に気づかう言葉をかけられ、和狼は恥辱《ちじょく》で熱くなった。

「当然だ」

今しがた倒れかけたことも忘れ、吐き捨てるように答えると、娘はうなずき、天をあおぐ。両腕をおろし、風向きでも読むように恬然《てんぜん》とたたずむ姿は、妖花の咲きみだれる戦場であることを忘れそうなほど穏やかだ。

「ほかの者たちは、島の中央へ集まっている。この場所は岸壁に近くてあぶない。残りの花はわたしが散らすから、道がひらいたら貴殿はそちらへさがられよ」

娘に北の方角を示され、和狼は目を剝《む》いた。

「馬鹿《ばか》を言うな！」

おまえ一人に何ができる、と続ける間もなく、和狼の前から娘の姿がかき消える。

娘が地を蹴《け》って跳《と》んだと知り、目で追った和狼は息をのんだ。

風に乗り、すさまじい勢いで花びらが舞う。

むせかえるような花吹雪《はなふぶき》は、風が起こしているのではなかった。

茎や蔓同士がからみあい、大木じみた様相をなしていた外来種が、わずかひと薙《な》ぎで断ち切られ、のたうつように地面に倒れる。

するどい棘も、瘴気を吐き出す血色の花も、嵐のような剣の前には用をなさない。

異形の植物の間を縦横《じゅうおう》に駆け抜け、跳躍し、手にした剣を月明かりにひらめかせて花という花を散らしているのは、まぎれもなく、さきほどの娘だった。

剣が一閃《いっせん》するごとに火を吹くように花が散り、人とは思えぬ軽やかさで娘は跳ぶ。

その姿は、さながら剣仙《けんせん》。あるいは、

(天女か？)

馬鹿げた単語がよぎるほど目の前の光景は凄絶《せいぜつ》で、夢と見紛《みまが》うほど美しかった。

邂逅《かいこう》は一瞬に過ぎず、娘の名さえわからない。

和狼才蔵《さいぞう》がその娘と再びまみえるのは、この夜より一年後のことである。

一　花の都の散《ちる》華《はな》姫《ひめ》

「ま、参った！」

地面に情けなく尻餅《しりもち》をついた格好で、男はあわてたように降伏した。

攻撃を押し留めるように片腕を伸ばしたその男は、上等な羽織袴《はおりはかま》に身を包んでいる。金糸《きんし》をふんだんに使った目もくらむような錦《にしき》の衣も、今は砂でよごれて見る影もない。

「降参するより先に、おっしゃる言葉があるのでは？　伊雁《いかり》様」

立てば六尺ほどもある大男に木刀を突きつけているのは、撫子《なでしこ》色の小袖《こそで》をまとった娘だった。

男を見下ろす瞳《ひとみ》は山猫を思わせる琥珀《こはく》色で、栗色《くりいろ》のやわらかな髪を背中に下ろしている。桜色の唇《くちびる》といい、透きとおった白い肌といい、その容貌《ようぼう》は咲き初めの花を思わせる可憐《かれん》なものだったが、静かな怒りをたたえる今は、えもいわれぬ迫力がある。

伊雁と呼ばれた男はごくりと唾《つば》をのみ、腕を伸ばしたまま答えた。

「いや、そなたはまこと、鬼神も逃げ出す剣豪《けんごう》だ。さすがは散華姫《ちるはなひめ》の二《ふた》ツ名《な》を持つ葵《あおい》どの。恐れ入った！」

「そのような言葉を聞きたいのではありません」

追従《ついしょう》めいた声色《こわいろ》で持ち上げられ、あきれ顔で葵は息をつく。

「では何と言えばよいのだ！」

逆上したように伊雁がどなると、葵はたまりかねて庭の一角を示した。

「わたしの身内にあのような無体《むたい》をはたらいておいて、何もおっしゃることがないのですか⁉」

そこには、枝ぶりもみごとな松の木が一本そびえている。

しかし、のびやかな松《まつ》が枝《え》には奇妙なものがぶら下がっていた。

あろうことか、それは布団でくるまれ、縛りあげられた若い娘で、ぐったりとした顔で結い髪をほつれさせている。

人質を盾《たて》に取り、葵に剣の仕合《しあい》を挑んできた伊雁だが、あえなく尻餅をつくはめになると、威勢の良さはまたたく間に消えうせた。今にも木刀を振りおろしそうな葵の剣幕に恐れをなしたのか、青ざめた顔で両腕を突き出す。

「そうだな！　悪かった！　私がやりすぎた。だが、殺してはいないから安心していいぞ？」

「あたりまえです！」

葵が声を荒らげると、伊雁はほうほうの体《てい》で木刀をかいくぐり、手下の供《とも》を引き連れてまたたく間に逃げ去ってしまう。その逃げ足の速さといったらあきれるほどだ。

あの速さで打ちかかられていたらあぶなかったかもしれない、などと考えた葵だったが、すぐさま気をとりなおし、松の木に駆け寄った。

「詩乃《しの》！　だいじょうぶ⁉」

声をかけると、乳姉妹はぱちりと目をあける。

「姫さま……！」

「すぐに下ろしてあげるわ。痛いところはない？　ほかに酷《ひど》いことされなかった？」

弱々しい声に思わず涙ぐみそうになりながら、葵は布団で巻かれた詩乃の体に手をかける。

「いえ、おふとんで巻かれているので痛くはありませんが、いささか暑うございます」

詩乃がぐったりしていたのは痛みのためではなく、陽ざしにあぶられたためらしい。

確かに今日は、桜がそろそろほころぶ時季にしては、汗ばむほどの上天気だった。

詩乃の体は念入りにくるまれて吊《つ》るされているから、葵一人で下ろすのは難しい。人を呼ぼうと葵が口をひらきかけた時、屋敷の広縁《ひろえん》を人影がひとつ、早足に歩いてくるのが見えた。

「葵‼　葵はいるか⁉」

呼ばわりながら現れたのは、葵の父、飛龍直賢《ひりゅうなおかた》である。

「ここにおりますわ、父上」

葵が答えると直賢は庭のほうを向き、松が枝から吊るされた女中を見て目を剝《む》いた。さらには傍《かたわ》らに立つ葵を発見して、その場で崩れんばかりに頭を抱える。

「たった今、伊雁殿がおそろしい勢いで帰っていかれたぞ！　これ、履物《はきもの》をもて！」

草履《ぞうり》取りに言いつけるや直賢は庭へ下り、白砂を蹴散《けち》らすようにして葵の前に近づいてくる。

「これはいったいどうしたことだ？　詩乃を木から吊るして何の戯《たわむ》れだ。おまえという娘は……これで縁談が壊れたのは何度めだと思っている！」

「ええと、たしか十八度目でしたかしら」

葵が指折り数えると、直賢はぴしゃりと遮《さえぎ》る。

「まじめに答えずともよい！　そこに座りなさい」

葵がすなおに正座すると、直賢はふと我に返ったのか、困惑顔になった。

直賢の前には、布団ですまきにされた女中が松の木から蓑虫《みのむし》のようにぶら下がり、その下に葵がちょんと座る、という珍妙な構図がひろがっている。

「い、いや。まずは詩乃をそこから下ろしてやりなさい！　待て、いったいなぜそのような仕儀になったのだ？　違う！　別に座らんでもよい！」

救助と説教と、どちらを優先しようか迷う直賢の声に従って、葵はしばし立ったり座ったりをくり返したが、結局、詩乃を引き下ろす作業のかたわら、仔細《しさい》を語ることになった。

「けさ、詩乃の姿が見えなくなったので捜しておりましたら、伊雁様がとつぜん、庭先から声をおかけになったのです」

手を出しかねて様子を見守っていた中間《ちゅうげん》たちが、直賢の命でわらわらと松の木に群がり、詩乃を下ろしはじめる。その様子を見守りながら、葵は続けた。

「わたしが庭に下りると、伊雁様は剣の仕合をお求めになりました。お断りすると、松の木を覆っていた幔幕《まんまく》を伊雁様のお供の方がたが取り払い、見ればこれこのように、詩乃が吊るされていたのです」

「なんと手のこんだことを……」

「いざ尋常《じんじょう》に立ち合え、しかしこの者の命が惜しくば手向かいいたすな、と、かように卑怯《ひきょう》なことをおっしゃいましたので、わたしは」

「手向かいしたのか」

「はい」

葵がうなずくと、か細い声が頭上から降ってきた。

「いいえ！　姫さまは手向かいなどしておりません！　少なくともはじめのうちは……!!」

詩乃があわてたように弁護する。とたん、布団で巻かれた体が振り子のごとく勢いよく揺れ、

「ぎゃっ！」という悲鳴があがった。

今まさに詩乃を下ろそうとしていた中間が、顔面に直撃を喰《く》らって吹き飛ばされたらしい。

「おいしっかりせい！」「いかん、白目をむいておる！」などと、ほかの中間たちがわいわい騒ぎたて、介抱《かいほう》するのを気の毒そうにいちべつし、直賢は問う。

「して、はじめのうちというのは？」

「はい。伊雁様はわたくしをかどわかし、人質として、あろうことか、四人の供をけしかけて姫さまに打ちかからせたのです！　それでも姫さまは木刀をとらず、体さばきでかわし、足を払って転ばせ、勢いあまった者を池に落とし、またたく間に四人を倒しておしまいになりました。姫さまが木刀を使われたのは、伊雁様の木刀をはじき飛ばした最後の一太刀《ひとたち》だけです！」

ゆらゆらと布団ごと揺れながら、詩乃が立ち合いの様子をつぶさに語るのを聞き、直賢は納得げに顎《あご》をなでる。

「なるほどな。伊雁殿が逃げるように帰っていったのはそのためか」

「それだけではありません。伊雁様は姫さまのことを当代一のじゃじゃ馬姫とののしられました。躾《しつ》けて乗りこなすのは男のつとめなどとおっしゃって、供の方々とお笑いに……」

捕らえられていた時に伊雁たちの言葉を耳にしたのか、詩乃はくやしそうに唇をかむ。

「いずれは婿《むこ》がねにと奥殿《おくどの》への出入りを許していたが、このような暴挙におよぶとはな。伊雁家には重々申し伝えておくとしよう」

そう呟《つぶや》くと、直賢はおもむろに葵に向きなおった。

「だが葵、おまえにも責任の一端はあるぞ。自分よりも剣の強い男のところでなくては嫁《とつ》がぬなどと無茶を申すから、仕合など挑まれるのだ」

嘆かわしそうな直賢の言葉に、葵はあっさりと答える。

「どうせ妻となるなら、強い殿方であってほしいと思うのは当然ではありませんか」

「だからといって、片端から求婚者をぶちのめしてどうする！　近ごろでは『散華姫を打ち負かせば国一番の剣豪として名を残せる』とまで言われておるのだぞ？」

「父上。ひょっとして伊雁様やその前の方、そのまた前の方も、そのまたそのまたずっと前の方まで、みなさま剣の仕合を望まれたのは、腕だめしのためだったのですか？」

「これ。うら若い女子《おなご》がまたなどという言葉をくり返すものではない。しかしまあ、そういうことだ。なにせ、この海都《かいと》で散華姫の名を知らぬ者はおらぬのだからな」

名門飛龍家の姫である葵には、一年ほど前から縁談が引きもきらなかった。

けれど葵自身は結婚にあまり乗り気でなく、「自分より強い剣豪ならば嫁いでもいい」などと答えて縁談をかわしていたのだが、それが仇《あだ》となったらしい。

伊雁などは飛龍家の屋敷に訪ねてきても、葵と話すより剣の仕合ばかり挑んできたし、ほかの花婿候補たちも同様で、葵にこてんぱんに叩きのめされるとたんに縁組を取り下げてしまうものだから、少し気になってはいたのだが。

いつの間にやら、腕だめしの一環で結婚を申しこまれるようになっていたらしい。

「ですが父上、わたしが剣を取って実際に戦ったのは、一年前の海都台場《だいば》での外来種《がいらいしゅ》との戦《いくさ》のおり、ただ一度だけです」

一年前、海都台場と呼ばれる浮島に、おそるべき毒をもつ妖花が大量発生する事件が起きた。

花の名は「外来種」といい、この陽源《ヒノモト》の国ではなく、異国よりもたらされた植物である。

外来種は陽源《ヒノモト》では考えられない早さで成長し、毒の花粉をまき散らして周囲の者を苦しめ、死に至らしめる。それは、今より十七年前、隣国・臥瑠名理阿《ガリューメリア》との戦いのさいに、敵の軍艦から砲弾とともに撃ちこまれ、発芽した生物兵器だった。

長らく国を鎖《とざ》して太平の眠りをむさぼってきた陽源《ヒノモト》に対し、隣国・臥瑠名理阿《ガリューメリア》は強硬に国を開かせようとせまり、交渉が決裂した結果、局地的な戦闘になった。

大規模な戦争に発展する前に戦いは痛み分けに終わったものの、講和が成立してからも、外来種はたびたび大量に発生して、海都の住人に恐怖をもたらしてきたのだ。

──妖花を散らす、ひとふりの刀が鍛えられるまでは。

かたい茎《くき》にするどい棘《とげ》は炎でも容易に焼けず、生半可《なまはんか》の刃物では花首《はなくび》さえ落とせない。

そんな外来種を断ち切り、花を散らすことのできる剣の名を、散華刀《さんげとう》という。

一年前、海都台場で外来種が大量に発生したおりには、この散華刀を装備した剣客、剣豪たちが集められ、一斉に駆除にあたった。直賢も飛龍家の家臣を引き連れてこの戦いにくわわったが、その中には、ひそかに散華刀を手にした葵も紛《まぎ》れこんでいたのである。

海都湾に浮かぶ台場で外来種が大量の花粉をまき散らせば、対岸の海都はひとたまりもない。たとえ齢《よわい》十七の葵でも、剣をとれば人並みに戦える。何もしないよりはまし、と娘だてらに剣をふるった結果、海都の街を統《す》べる蒼龍《そうりゅう》公から褒美《ほうび》をいただき、勇猛果敢《ゆうもうかかん》な戦いぶりを讃えて、葵には「散華姫《ちるはなひめ》」なる二ツ名がついてしまったのだった。

「ただ一度の戦いだけでじゅうぶんなのだ。あの戦《いくさ》はそれほど激しく、鮮烈だった。おまえの戦いぶりを含めてな。あれ以来、城中で散華姫の名が人びとの口にのぼらぬ日などない」

直賢は感慨にふけるように松の木を見あげた。気絶した中間はいずこかへ運ばれ、ほかの中間たちが息を合わせて詩乃を下ろしはじめると、直賢は葵を振り返る。

「詩乃を医師に診せたら、あとで儂《わし》の部屋まで来るように。おまえの二ツ名にまつわることで、話しておかねばならんことがある」

詩乃に付き添おうとしていた葵はけげんな顔になる。

「わたしの？　どなたか、また腕だめしをお望みとか？」

「腕だめしくらいならば、今さらおどろきはせぬ。儂が参ったのは別の用件だ」

そういえば、直賢がずいぶんあわてた様子で奥殿へ渡ってきたことを葵は思い出した。

「実は本日、上様よりお召《め》しがあった」

「さようですか」

葵があっさり相槌《あいづち》を打つと、直賢は反応の鈍さに苛立《いらだ》ったように癇癪《かんしゃく》を起こす。

「さようですか、ではない！　蒼龍公はことあろうに、おまえをあの桜花衆《おうかしゅう》の頭領に任じると仰《おお》せなのだ!!　貴族の姫が役付きなど前代未聞《ぜんだいみもん》と城では大変な騒ぎになっておるのだぞ！」

その知らせに、葵はしばし言葉を失った。

この陽源《ヒノモト》の国には五人の上様がいる。

大いなる海に浮かぶ至宝。尽きせぬ黄金の島。

遠いむかし、異国の航海者にそう呼ばれた陽源《ヒノモト》は、美しい陽の女神に守られ、女神の裔《すえ》たる帝《みかど》によって治められてきた。

その陽源《ヒノモト》の国が、戦乱の暗雲に覆われ、臣下が主君を討つ下克上《げこくじょう》が日常となっていたころ、各地で雄《ゆう》を競っていた豪族、武士たちを平らげて戦の世を終わらせた武人がいる。

その武人の名を獅神《しがみ》公といい、時の帝より大将軍の称号を賜《たまわ》り、陽源《ヒノモト》の覇者《はしゃ》となった。

しかし、獅神公は覇権《はけん》を独占することを望まず、四人の忠臣に将軍職を兼任させ、東西南北、四方の州を治めさせた。これがいわゆる五人の上様のはじまりだ。

「獅子の上様は京におわし、龍に鳳凰《ほうおう》、虎に狼の上様たちは、国の四方で睨《にら》みをきかせる」

などと庶民のあいだで歌われるように、この五人の上様を五大公《ごだいこう》といい、獅神公を筆頭に、蒼龍《そうりゅう》、鳳《おおとり》、虎牙《こが》、和狼《かずろ》の四家が数えられる。

そんな五大公の一人、龍の上様こと蒼龍公は、海都を都とする青東州《せいとうしゅう》の領主である。

飛龍家にとっては直接の主君にあたる蒼龍公その人が、なんと、葵を桜花衆なる役職の頭領にとお望みらしい。

「何かのまちがいなのではありませんか？」

にわかには信じられず、葵がそう問い直すと、父直賢は額《ひたい》に手をやり、即答する。

「まちがいではないから困っておるのだ」

奥殿の小書院《こじょいん》には、澄んだせせらぎの音が満ちていた。

葵の母が知行地《ちぎょうち》の別邸へと移り、屋敷の奥殿に住まうのが葵ひとりとなった後、直賢はこの部屋を造らせた。遣水《やりみず》を渡した庭をのぞむその部屋は、いかにも静謐《せいひつ》で涼やかだ。

もっとも、ここは幼い頃から竹刀《しない》や木刀を手放さず、じゃじゃ馬ぶりで父を嘆かせていた葵が、もっぱら説教を受けるための部屋でもあったが。

「昨年の戦で、蒼龍公よりお褒めの言葉をいただいて以来、幾度《いくど》か御前に召し出されることがあっただろう。その時おまえは上様に何と申し上げたのだ？　蒼龍公は、おまえの見識にいたく感じ入るところがあったと仰せなのだ」

上座に腰を据えた直賢は、詰《つ》め寄らんばかりに身を乗り出す。

「大したことは何も。ただ、外来種に関して思うところを申し上げただけのことです」

葵はのんびりした口調で答えた。

「海都の防衛をはかるうえでも、外来種の駆除は火急を要します。今でも市中にはたびたび外来種が発生して人びとを悩ませていると聞きおよびますし」

「そう、上様に申し上げたのか」

「ええ。現在はいくつかの役所が兼任するかたちなので、手間と時間がかかりすぎると。いま少し柔軟に、外来種の発生に対応しうる組織の強化が必要ではないか。そう申し上げました」

「……なるほどな。それゆえ桜花衆の名が出たか」

桜花衆はもともと、外来種を専門に駆除すべく造られた組織である。

青東州の貴族や臣下の家中から選《え》りすぐった剣豪を集め、いっときは華々しく活躍し、外来種のいきおいを削《そ》ぐのに一役買ったこともある。

「葵。おまえはわかっておらぬかも知れんが、今の桜花衆といえば、いずこの家中でも持てあます、腕っぷし以外には何の役にも立たぬ連中の巣窟《そうくつ》なのだぞ？」

「存じておりますわ、父上」

おどかすように顔を険しくした直賢に、葵はにっこりと笑ってみせた。

「なに、知っている？」

「はい。たびたび城下で偵察……いえ、お見かけしたことがありますから」

あっけにとられた直賢は、その意味に気づいて声を荒らげる。

「おまえという娘は……！　またろくに供も連れずにふらふらと出歩いたのか!!　貴族の姫が男装してしのび歩きなど、何事かあればどうするつもりなのだ！」

「ご心配には及びませんわ、父上。問題は起こしておりませんから。ただ、桜花衆なるところが少し気になったもので、何度か顔をかくしてお仕事を手伝ったことがあるだけです」

「それを問題というのだ！」

ぜいぜいと息を切らせている直賢をよそに、葵はあくまでも笑顔を絶やさない。

「どうしておまえはこう、涼しい顔をして儂の血圧を上げるようなことばかりしでかすのだ。先年の戦いで娘に背中を守られて、あやうく心臓が止まりかけた儂の身にもなってみろ！」

「止まらなくてよかったですね、父上」

「笑顔でしれっと答えるな！　少しは姫らしくふるまって、儂を喜ばせようとは思わんのか」

「ですから、奥殿にいる時は姫らしいいでたちで、父上の目を楽しませているではありませんか」

葵は身につけた衣装を見下ろす。

撫子色の小袖は晴れ着でこそないものの、舞扇《まいおうぎ》の描かれた愛らしいものだ。

剣を手にする時は戦の時。女であることは忘れ、ただひとりの剣士としてふるまう。

そう決めているから、男装して剣を取る時だけは自然と男ことばが出るようになってしまったが、ふだんはむしろのんびりしすぎているくらいだと、乳姉妹の詩乃などは言う。

「わたしだってきれいな着物は好きですし、お茶やお琴もたしなんでおります」

「ひと口飲んだだけで火を吹きそうな熱くて辛い茶だの、聴くだけでおかしな拍子に体が揺れだす琴だのをたしなむと言うのなら、まあそうなのだろうよ」

直賢は茶の味でも思い出したように顔をしかめる。

「申し訳ありません、父上。でも、わたしは他の何よりも、剣をふるうのが性に合っているだけなのですわ。どうかこれも性分とおあきらめください」

「あきらめがつけば苦労せんわい」

　直賢はうなだれると、ゆるゆると顔をあげた。

「いずれにせよ、蒼龍公のお召しである。おまえもさっそく登城の支度をせねばならん。くれぐれも粗相《そそう》のなきようにな」

　最後は当主らしく威厳をたもってみせた父に、葵も殊勝に手をついて答えた。

「お言葉、肝《きも》に銘じます」


　登城の日。葵は黒漆《くろうるし》に金蒔絵《きんまきえ》をほどこした専用の女駕籠《おんなかご》で海都城《かいとじょう》にのぼった。

　ふだんは男装のおしのび姿でスタスタ出歩いてしまうこともある葵だが、さすがに今日はそういうわけにはいかない。

　城門をくぐると、迎えに現れた奥女中たちに駕籠をかつがれ、城内に向かう。

　貴族の姫君が登城、それも政《まつりごと》をおこなう城表に来ることなどめったにあることではない。

　そのため、あざやかな衣装をまとった葵の姿は、渋い色あいの肩衣《かたぎぬ》やら袴やらを身につけた男たちの中で、否応なく目をひいた。

　この日の葵は貴族の姫君らしく、栗色の髪はゆるやかに束ねて背中に下ろし、緋色《ひいろ》の小袖には桜の文様《もんよう》をあしらった白綸子《しろりんず》の打掛《うちかけ》をまとうよそおいである。

白粉《おしろい》を塗らずとも透きとおった肌に、光のぐあいで琥珀色に見える明るい瞳は黒髪に黒い瞳ばかりの陽源《ヒノモト》ではめずらしく、それでなくとも人目をひく。

色素の薄い葵の容貌《ようぼう》は見る者にふしぎな印象を残すのか「散華姫は仙女の血をひいている」などと噂《うわさ》されることも少なくなかった。

その言葉には、飛龍家の姫君でありながら剣を振り回すことへの揶揄《やゆ》も含まれているのだろう。謁見《えっけん》の間への道すがら、礼をとる者のまなざしにも、どこか好奇の色が見える。

謁見の場所は、城内にある白書院《しろしょいん》だった。

格天井《ごうてんじょう》はあざやかな色絵で装飾され、襖《ふすま》にいちめん桜の園が描かれた華麗《かれい》な広間である。

「よく来た、散華姫」

挨拶《あいさつ》がすむと、上段の間から、蒼龍公吉康《よしやす》その人が声をかけた。もともと形式に構わぬ人物であったが、十七年前の隣国との戦《いくさ》いらい、いっそうその性質がきわだったようである。

男装して剣をふるう葵のことを気に入って、しばしば城へ呼びつけることもそうだが、そのいでたちを見れば人となりがよくわかる。

「上様におかれましてはますます」

葵は許しをえて顔をあげ、一拍の間、絶句した。

「ますます、なんだ？」

脇息《きょうそく》にもたれた吉康はおかしそうに先をうながす。

「――ますます、お召し物のご趣味に磨きがかかったような」

「そうだろう。今朝仕立てあがったばかりの試作品だ」

得意げに吉康が身につけているのは、丈長《たけなが》の上着に脚《あし》にぴったりとした下袴という、いわゆる異国風の軍装である。

陽源《ヒノモト》の服とちがって、襟元《えりもと》は釦《ボタン》という金具で留められ、一見奇妙にも思えるいでたちだが、体格もよく押し出しのいい吉康が着ると、ふしぎとさまになっている。

「だがこれは、趣味ではなく公務ぞ。陽源《ヒノモト》風の服はいささか動きやすさの点でおとるからな」

ためらいもなく言いきった吉康は、服ばかりか、その髪さえもが思いきった断髪である。

これに関しては有名な逸話があった。

隣国との停戦と講和が成立した後も、臥瑠名理阿《ガリューメリア》国とは外交の席でたびたび衝突することが多く、おたがいに交易や法律上の条件を譲ろうとしなかった。そんなおり、相手国の首脳が陽《ヒノ》源《モト》の高官に挑発めいた戯言《ざれごと》を口にしたことがある。

『貴国の大君《たいくん》がわが国の礼装で交渉の席についてくださるなら、われわれは貴国の礼装を身につけ、それに応じよう』

五大公による二百五十年の治世のあいだ、国を鎖し、他国との交易を最小限にとどめていた陽源《ヒノモト》の国では、伝統を重んじるあまり、変化をおそれるきらいがある。

じっさい、大将軍たる獅神公や五大公の一人である和狼公などは大の異国ぎらいだったから、この時の発言もそんな気風をからかったものだった。

当時、五大公を代表して外交交渉に臨んでいた蒼龍公は、この言葉を聞くなり「服くらい何ほどのこともない」とあっさり髪を切らせ、異国式の礼装で交渉の席に現れたという。

黒羅紗《くろらしゃ》の上着に蒼龍家の紋、昇龍を縫《ぬ》いとった礼装はそれはみごとなできばえで、相手国の度肝《どぎも》を抜いた。さらに吉康は、持参した束帯《そくたい》一式を突きつけると『今すぐこれを着て交渉の席につけ』と言い放ったため、臥瑠名理阿《ガリューメリア》側はしどろもどろとなり、その後の話し合いが有利にはこんだ、というのである。

逸話の真偽はともかく、吉康はその時いらい髪を伸ばすこともなく、たびたび異国風の衣装を身につけて謁見の間に現れては、臣下を困惑させている。

「戦であれ外交であれ、敵を知らねば始まらん。それをわきまえずに戦にのぞんだあげくが、外来種などという妖花の蔓延《まんえん》だ。異国の文物でも、良きところがあれば学び取り、価値あるものは取り入れなくては、この国の先行きは危ういであろうよ」

猛禽《もうきん》を思わせるまなざしを向けられ、葵は表情を引きしめた。

「散華姫。いや、葵姫。直賢からすでに話は聞いておろう。こたび、そなたを花狩番《はなかりばん》の頭領に任じることにした」

吉康の言葉に、空気が一瞬にしてこわばったように感じられた。

白書院にいるのは葵と蒼龍公だけではない。青東州の政治をつかさどる閣老《かくろう》と呼ばれる重鎮《じゅうちん》たちもまた、裃姿《かみしも》で下段の間に居並んでいる。彼らから葵に放たれる視線はぴりぴりとして、肌に痛いほどであった。

ちなみに、花狩番とは外来種の駆除を専門にした役職をあらわす正式名称で、桜花衆というのは通称にすぎない。

「どうした、受けぬか」

沈黙する葵に、吉康は返事をうながす。青畳《あおだたみ》に手をついたまま、葵は口をひらいた。

「ひとつ、おうかがいしたいことがございます」

「申せ」

「なぜ、わたくしをお選びになったのでしょうか」

本来なら上意《じょうい》に口をはさむことも、理由を問うことも許されることではなかったが、この時ばかりは誰も葵をとがめなかった。むしろ息を詰めて吉康の言葉を待っているように思える。

花狩番に任じるということは、女であり飛龍家の姫でもある葵を、いわば戦の最前線に送り出すようなものである。二百五十年前の戦乱の世ならいざ知らず、獅神公を筆頭とする五大公の時代に入ってからは前例のないことだった。

(父上は大変なさわぎだったとおっしゃっていたけれど、言い出したのが蒼龍公ご自身でなければ、非常識と一蹴《いっしゅう》されて終わりだったでしょうね)

闇老たちの心中を、葵はそんなふうに察していた。

当の吉康は、閣老たちの気苦労など気にする様子もなく、悠然《ゆうぜん》と脇息に肘《ひじ》をついている。

「なに、簡単なことだ。そなたの剣筋に惚《ほ》れたのよ」

吉康の答えに、葵はあっけにとられてまばたいた。同じく目を丸くしている閣老たちをいちべつすると、吉康はにやりと笑みを浮かべる。

「昨年の海都台場での戦いぶりを目にしたわけではないが、そなたの立ち合いなら見せてもらったことがある。そなたの剣には迷いがない。私はそれが気に入ったのだ」

確かに、蒼龍公から褒美をいただいたさい、場所も同じこの白書院の板縁《いたえん》で、竹刀を取って仕合をしたことがある。

「おそれながら上様。いくら剣の腕がたつとは申せ、姫君は姫君。しかも葵姫はようやく十七におなりになったばかりにございますぞ」

意を決したように発言したのは、白髪頭の閣老の一人である。

「さればこそよ」

しかし、吉康の答えは揺らがなかった。

「十七年前の戦《いくさ》いらい、海都にはあのいまわしい外来種がはびこり、多くの犠牲を出してきた。繁殖《はんしょく》はようやく下火になりつつあるとはいえ、臥瑠名理阿《ガリューメリア》国はいまだに外来種の駆除も戦後補償もいっさい拒んでおる。それを知ってか、海都市民はもはや、あの呪花を根絶やしにすることとは不可能とあきらめておるようだ」

「そのようなことは——」

「ないとは申せまい。そなたとて、十七年前の戦のおりには末の息子をかの花の毒で亡くしておるではないか」

静かに指摘され、閣老は口をつぐむ。

「今は平時ではない。危急の時、国難の時なのだ。女といえど、うるわしき姫君といえど、散華刀をふるい、呪花と戦う頭領の姿を見れば、民の心にも灯《あかり》がともるのではないか」

「……かよわい女子《おなご》の手をかりねばならぬほど情勢は逼迫《ひっぱく》していると、かえって民心の不安をあおるかもしれませんぞ」

苦しげに言った閣老に、吉康は鼻を鳴らす。

「それで絶望する者は放っておけばよい。むしろ、かよわい女子までもが、けなげに剣をふるう姿を見れば、己《おのれ》こそしっかりせねばと奮《ふる》い立つのが男子というものではないかのう、と同意を求めるように視線を向けた吉康に、葵は内心苦笑を浮かべたくなった。

(わたしを桜花衆にというのは、そういうわけなのね)

今の吉康の言葉を聞けば、葵は民心を奮いたたせるためのお飾りなのだとわかる。けれど。

(かまわないわ、飾り物でも)

葵は目もとをやわらげ、うやうやしく頭をさげた。

「お役目、承《うけたまわ》りました。この身を賭《と》しておつとめいたします」

凛《りん》とした葵の声が、白書院に響きわたる。

幼い頃から剣の稽古《けいこ》にはげんできたのは、外来種に対抗する力が散華刀しかないと知ったからだ。自分が剣をふるうことで花の毒に苦しむ者が減るのなら、飾りでもかまわない。

吉康が上段の座をはなれる気配がした。

剣の鍔鳴《つばな》りの気配に、葵はその場に伏せたまま緊張する。

「面《おもて》をあげよ」

吉康の声にゆっくりと顔をあげたとたん、頭上からうなりをあげて刃が降った。

ヒッ、と閣老の誰かが息をのむ。

葵の体をまっぷたつにするいきおいで一閃《いっせん》した剣先は、しかし、葵の正面、鼻先からわずか三寸ばかりのところで、ぴたりと止まっていた。

「まじろぎもせぬか。さすがに腹が据わっておる」

澄んだまなざしでひたと正面を見つめる葵を、吉康は楽しむように見おろしている。

「この剣がわかるか？」

吉康は言うと、葵の前で抜き身の剣をすらりと動かした。

「みごとな散華刀でございますね」

蒼《あお》く光を放つかのような刀身は、散華刀特有のもの。刃文《はもん》は華が燃えたつような丁子刃《ちょうじば》で、鍔に近いところには、剣に龍がからみつく倶利伽羅《くりから》の彫物《ほりもの》がほどこされている。

「銘を桜龍《おうりゅう》という。当代最高の刀工、国輝《くにてる》の作だ」

吉康はほれぼれと剣をながめ、刀を鞘《さや》に収めると、それを葵に差し出した。

「そなたにつかわす。心おきなく励むがよい」

「頂戴《ちょうだい》いたします」

葵は晴れやかにほほえんだ。

この日をもって、花狩番——桜花衆の姫頭領が誕生したのである。


「ああ……気持ちいい」

葵はうっとりと目を閉じて吐息をもらした。

「姫さま、そんな声をもらしては、はしたのうございますよ」

「だって、今日は一日、ほんとに緊張したんだもの。せめて詩乃に耳そうじでもしてもらわないと、気が休まらないわ」

葵は乳姉妹のひざにちょこんと頭をのせ、しみじみと答える。

それは、打掛姿で蒼龍公に拝謁《はいえつ》し、並みいる閣老たちの前で毅然《きぜん》と役職を賜ったとはとても思えぬほど、くつろぎきった姿であった。

夕食を終えたあと、床に入る前のつかの間、こうして奥殿の休憩の間で詩乃に耳を掘ってもらうのが、葵にとってはささやかな癒《いや》しとなっている。

「桜花衆の頭領をお引き受けした以上、これからは詩乃にひざまくらしてもらうことなんてなくなるんだし、今日くらい大目に見てちょうだい」

「そのことですが、わたくしは本当におそばに参らなくてよろしいのですか？」

体つきといい顔立ちといい、どことなく線の細さを感じさせる詩乃は、眉《まゆ》をくもらせる。

「いいのよ。だって、これからわたしが住むのは桜花衆の本陣屋敷というところなんだから。この屋敷とちがって外来種の毒に触れる機会も多いし、詩乃はとても連れていけないわ」

外来種の毒は、吸いこむほどに蓄積《ちくせき》する。詩乃はこの毒に幼い頃にやられており、ほんの少し花粉が体に入っただけで咳《せき》が止まらず、寝こむようになってしまった。

対外来種の組織である桜花衆の本陣屋敷に住まうことになれば、詩乃などすぐに倒れてしまうだろう。

「ですが、姫さまがご自身の身を危うくして頭領をお引き受けになるのに、わたくしばかりがこのお屋敷でぬくぬくとお帰りを待つなど……」

父の側近の娘である詩乃は、葵にとっては姉のような存在である。生まれてすぐに母親と引き離された葵を不憫《ふびん》に思ったのか、詩乃はいつも葵をかばおうとしてくれるのだ。

けれど、それだけに葵は詩乃を連れていくことはできないと思っていた。

「これはわたし自身が決めたことなのよ。本陣で詩乃が倒れたりしないか、心配していたらお役目が果たせないもの。だいじょうぶ。わたし一人でも身のまわりのことは大体こなせるし、あちらにも何人か通いの女中がいるそうだから」

　葵が口をひらくほどに心配がつのるのか、詩乃の顔が沈んでゆく。

「必要があれば、うちの女中や、詩乃に手伝ってもらうこともあると思うわ。でも、はじめから大行列で乗りこむようなことはしたくないの。それじゃ本当にお飾りになっちゃうもの」

　貴族の姫君が蒼龍公のお声がかりで頭領に就任したとなれば、桜花衆の隊士たちの心が安かろうはずがない。それに、詩乃たちを連れていかないのは、もし隊士たちの反感を買うようなことがあった場合、矛先《ほこさき》が葵ではなく詩乃や女中たちに向かうのを避けるためでもあった。

　伊雁の時のようなことが、また起こらないとも限らないのだ。

「なぜ、それほどまでしてお役目を引き受けなくてはならないのです？」

　耳穴をかく手を止めて聞いた詩乃に、葵は静かに答える。

「外来種が憎《にく》いからよ」

　葵の乳母であり、詩乃の母でもある人は、外来種の毒で胸を病《や》み、亡くなっている。体をこわして里下がりをした女中も少なくなかったし、十七年前には、城下や海に近い河岸でもっと多くの者が命を落としたと聞いている。

「これ以上、苦しむ人を見たくないの。わたしなら散華刀も使えるし、戦うこともできるわ。それに、もしこの海都から外来種を消し去ることができたら、母上だって……」

　言葉をとぎれさせた葵に、詩乃ははっと息をとめる。

「ううん、わかってるの。母上はたぶん、この世から外来種がなくなる日が来たとしても、わたしには会ってくださらない。でも、たとえそうだとしても、少しはお心を安んじて、笑顔を取り戻してくださるかもしれない」

「姫さま……」

明るい声で続けた葵に、詩乃が気遣わしげな視線を向ける。

葵の母、吹雪《ふぶき》の方《かた》は葵を産んですぐに体をこわし、飛龍家の知行地の別邸で暮らしていた。

事情があって、七つの時に一度会ったきりだが、白く透きとおった美貌と艶《つや》やかな黒髪、少女のようにほっそりとした母の姿は、今も目に焼きついている。

しかし、葵のもつ色素の薄い髪や目は、母にとっていまわしいものでしかなかったのだろう。

はじめて葵の顔を見た時にかけられた言葉は、今も耳に残って消えることがない。

だから葵も、ふたたび母に会おうとは思わなかった。

「さいわい、わたしの体は花粉の毒にも強いわ。せっかくこんなふうに生まれついたんだもの。外来種を消し去るために力を尽くせるなら、精一杯働きたいの」

しめっぽくならないように、葵はさりげない口調で言った。

花粉の毒は、壮健な男子であれば抵抗力も強く、大量に吸いこまないかぎり死に至ることはないが、老人や子供、婦人など、体力のない者ほど危険が大きく、病《やまい》を得やすい。

ところが、葵は幼い頃から外来種の毒を寄せつけない体質をしていた。

現に、外来種を駆除するためには、花粉を吸い込まぬよう口もとを覆面で覆うことが必須となるが、葵の場合はこれがほとんど必要ない。瘴気の中で散華刀を縦横にふるうことができるのも、花粉の毒に強い特異な体質があればこそだ。

母に疎《うと》まれても、飛龍の姫君らしくないと陰口を囁《ささや》かれても、葵が剣を手放さずにきたのは、このように生まれついた自分にしかできないことがあると思ったからだ。

「姫さまのお気持ちは、きっといつか奥方様にも届きますよ」

詩乃はやさしく言って、ふわふわの羽毛が植わった耳かきの頭で葵の耳をぬぐった。

葵は小さくうなずき、まぶたを閉じる。

「桜花衆に集められているのは、気の荒い剣客ばかりだそうよ。わたしが頭領として出向いたら、きっと大変な騒ぎになるわね」

気を取り直して葵がそんなことを呟くと、からかうように詩乃が問う。

「楽しそうですね、姫さま？」

「ええ、楽しみだわ。気の荒い猛獣ほど、味方にできれば頼もしいものはないというし」

「姫さまもお人が悪うございますわ」

おたがい、芝居の悪役めいた台詞《せりふ》を口にしたあとで、乳姉妹はたえきれず、同時にくすくすと笑い声をあげた。

二　桜花衆《おうかしゅう》の新頭領

剣の一撃に大輪の花が散り、深紅の花びらに混じって、ほのかに甘い花粉が香る。

花を散らしたのは、黒髪を総髪《そうはつ》に結った長身の男だった。

羽織《はおり》は鉄紺《てつこん》、小袖《こそで》は黒、袴《はかま》は橡《つるばみ》と、みごとなまでに黒ずくめで、瞳《ひとみ》の色まで闇色《やみいろ》だ。

男の名は和狼《かずろ》才蔵《さいぞう》。桜花衆《おうかしゅう》の副長である。

「今ので最後のようですね。撤収作業に移ります」

和狼にそう声をかけたのは、眦《まなじり》の垂れた人のよさそうな男である。

小袖袴の上にまとう銀色《しろがねいろ》の羽織は、桜花衆では隊長格をあらわすものだった。

「標本の採取だけ忘れるな。俺は先に本陣に戻る」

周囲にただよう花粉が落ちつくのを見はからって、和狼は口元を覆っていた黒覆面《ふくめん》を外す。

二人がいるのは寺社の境内《けいだい》の一角で、今しがたまでうごめいていたのは大蛇《だいじゃ》と見まごう巨大な植物だった。

ふとい蔓《つる》が幾重《いくえ》にもからみあい、するどい棘《とげ》を四方に伸ばし、血のように毒々しい色の花をつけるそれを、外来種《がいらいしゅ》と呼ぶ。

蔓にからめ取られれば、子供など簡単に絞《し》め殺されてしまいそうな強靭《きょうじん》さで、花粉の毒は、大量に吸いこめば命もあやうい。

異国よりもたらされた外来種は、まさに呪花と呼ぶのにふさわしいものだった。

これほど巨大な外来種を仕留めるには、八名程度を向かわせるのだが、今日は出動が重なり、隊士たちが本陣を出払っているため、副長の和狼と五番隊の数名が急ぎ駆けつけたのである。

「副長のおかげで助かりました。そういえば、今日は新しい総長がお見えになる日でしたね」

ていねいに覆面を外してほほえんだのは五番隊隊長の豹堂圭介《ひょうどうけいすけ》だ。

やせた体とのんびりとした顔つきにだまされるが、剣においてはかなりの手練《てだれ》であることは、桜花衆の者なら誰もが知っている。

「蒼龍《そうりゅう》公の分家筋だそうだ。どうせまたお飾りの役立たずだろうが、最初くらいは顔を見せておかんとな」

「今度はせめてもう少しお若い方だといいですねぇ」

豹堂がしみじみと相槌《あいづち》を打つ。彼の言いたいことは和狼にもわかった。

この春まで桜花衆の総長をつとめていたのは「ご隠居」とあだ名がつく老体で、かつては政府内で要職をつとめた大人物だったようだが、本陣にいる時はうたたねしているか本気で寝ているか、口をもぐもぐさせて詩を吟《ぎん》じている姿しか見たことがなかったものである。

「こちらの仕事にへたに口を出されるくらいなら、ご隠居のほうがましだ。使いものにならんのなら、おとなしくしてくれていたほうがいい」

「副長も手厳しいですねぇ」

そっけなく言った和狼に、豹堂は苦笑を浮かべた。

創設期こそ華々しく活躍した桜花衆だが、近ごろでは奉行所の下役のような日陰者の扱いを受けている。ひとえに政治力のなさによるところが大きいが、それでもどうにか今までもってきたのは、副長の和狼が昼もなく夜もなく駆けまわり、公務をこなしてきたからだった。

「誰が来たところで俺たちの仕事は変わらん。後は頼むぞ」

和狼が告げて踵《きびす》を返そうとすると、豹堂がふと思い出したようにぽつりと呟《つぶや》いた。

「そういえば、今日は来ませんでしたね」

「何がだ」

聞きとがめて和狼が眉《まゆ》を寄せると、いえね、と豹堂は向きなおる。

「白頭巾のことですよ。隊士たちがこのところ噂《うわさ》してるでしょう?」

「……ああ、少ない手勢で外来種の駆除に当たった時に現れるっていう、剣客か」

白い頭巾で顔をかくした謎の剣士の話は、和狼も聞きおよんでいる。

なんでも、隊士たちが外来種の駆除に手間取っていると、どこからともなく現れて鮮やかに剣をふるい、颯爽《さっそう》と花を散らして去っていくという芝居じみた話だ。

和狼はいまだ出くわしたことはなく、噂にどこまで尾ひれがついているのか不明だが、複数の証言があることからみて、正体不明の剣客がいることは確からしい。

今日あたり姿がおがめると思ったんですけどねぇ、と額《ひたい》に手をかざし、きょろきょろと周囲を見回している豹堂に、和狼は顔をしかめた。

「桜花衆の隊長格が、得体の知れない剣客なんかあてにしてどうする」

「でも、めっぽう腕が立つらしいですよ、その白頭巾。舞うように花を落とす姿はまるで剣仙《けんせん》だとかなんとか」

「剣仙がそうたやすく現れるか。どうせなら、こそこそせずに、おおっぴらに桜花衆に入ってくればいいものを」

和狼が吐き捨てると、豹堂は「ま、それもそうですよねぇ」と笑う。

隊士の数に対して、桜花衆の受け持つ地域は広範である。そのため、慢性的に人手不足の状態だ。外来種の駆除を専門とする桜花衆が、素人に救われるなど恥さらしもいいところだが、それだけ隊士たちに負担がかかっていることも確かだった。

剣仙でなくとも、腕におぼえがあるのなら、喜んで隊士に迎えたいところだが、今のところ謎の剣客の正体は知れず、小柄な人物らしいということくらいしかわかっていない。

豹堂たちに後の処理を任せると、和狼は桜花衆本陣屋敷への道を歩きはじめた。

道すがら、あちこちに桜が咲きほころぶのが見える。

海都《かいと》は花の都と称されるほどに桜が多い。貴人の屋敷や商家の庭、堤《つつみ》や掘割端《ほりわり》など、およそ土があって根づく場所ならいたるところに桜の木が植えられている。

春ともなれば、町全体が薄紅《うすべに》の花霞《はなかすみ》でけぶるように美しく、散りぎわに桜がふぶくさまは、まるで嵐がたつようだ。

外来種という脅威《きょうい》にさらされる土地にあっても、行きかう町の人びとの顔があかるいのは、桜の花に春のよろこびを感じるからかもしれない。

和狼たちの暮らす桜花衆本陣は、海都城の北、外堀をこえた本豪《ほんごう》と呼ばれる土地にあった。もとは貴族の中屋敷だったもので、敷地内には隊士たちの住む長屋や厩《うまや》、泉水つきの庭園や茶室、剣の稽古《けいこ》のための道場まで、ひととおりのものが揃《そろ》っている。

「副長。新しい頭領のご一行は、到着がおくれるとのことです。夕刻あたりになりそうだとのお話でした」

屋敷に戻った和狼に、留守居《るすい》に残っていた隊士が報告する。

「悠長《ゆうちょう》なことだな」

和狼がひややかに口にすると、隊士は顔を引きつらせ、おびえたように退散した。

始終しかめ面で冷厳とした空気をまとった和狼には、黙っているだけで言いがたい迫力があるらしい。じっさい、和狼が姿を現すだけで隊士たちの表情はぴりりと引き締まり、緊張が走る。これまで、ご隠居の代わりに桜花衆を容赦《ようしゃ》なく監督し、まとめてきたのだから当然だ。

陰では鬼だの冷血だのと呼ばれていることは知っていたが、かまわないと和狼は思っていた。

（それにしても、蒼龍公は何を考えているのだか）

出動で花粉のついた着物を着替え、身を清めた和狼は広縁《ひろえん》から庭を眺《なが》め、眉をしかめる。

さきほど、豹堂には話さなかったが、新頭領については先日の登城のさい、閣老《かくろう》の一人から明かされていた。

齢《よわい》七十のご老体の次に桜花衆にやってくるのは、よりにもよって、女。

それも齢十七の貴族の姫君だと聞いて、正直、和狼は耳を疑ったものである。

桜花衆の慢性的な人手不足には和狼も頭を悩ませてきたし、猫の手もかりたいと思ったことは数知れないが、まさか年端《としは》もいかない姫君を桜花衆に迎えようとは思わなかった。

前代未聞《ぜんだいみもん》の姫頭領就任を後押ししたのは他ならぬ蒼龍公自身で、閣老のあいだでも、この決定には疑問や反論が百出《ひやくしゆつ》する大騒動になったようだが、結局上意には逆らえなかったらしい。

『あなた様も、つくづくご苦労が多うございますな』

と、閣老もひそかに同情をよせたほどである。

和狼家は、蒼龍家と同じく、五大公《ごだいこう》に席を列する大貴族だ。

和狼の父は現在、北方の玄北州《げんぼくしゆう》を治めているが、四州を治める四家の子息は成人すると父と同郷に住まうことを許されず、他州において官位につき、政《まつりごと》を学ぶという法度《はつと》がある。

そのため、和狼も十五の成人の時に玄北州を離れ、蒼龍公のもとで働いているのである。

しかし、ひとつ問題だったのは、和狼の父と蒼龍公の間でかねてより深い確執《かくしつ》が生《しょう》じていたことだ。両家の仲は険悪きわまりないものだったから、公務についた和狼のあつかいも、自然と両家のそれに準じたものになった。

五大公の子息ともなれば、ふつうは城から出ることもなく、要職を歴任して出世してゆくのが常道にもかかわらず、和狼は桜花衆で六年ちかくもご老体のお守をしつつ、陽の当たらない副長職をつとめてきたのである。

桜花衆は、対外来種の最前線といえば聞こえはいいが、いずこの家中でも持て余した剣豪《けんごう》ばかりが寄り集まり、血の気の多さと腕っぷしだけが取り得の問題児集団だ。

そんな場所でもまれてきたおかげで、いつしか和狼の眉間《みけん》には消えることのないしわが寄り、齢二十一にして、立っているだけで「怒ってるのか？」と聞かれる面《つら》がまえになってしまった。

今年になってご老体がようやく本物の隠居となったと思えば、その後釜《あとがま》に座るのは公務の「こ」の字も知らない姫君だというのだから、闍老が和狼を気の毒がるのもむりはない。

そのうえ、新頭領となる姫君の名は、和狼にさらなる衝撃をもたらした。

『飛龍《ひりゅう》家の葵《あおい》姫は、かの散華姫《ちるはなひめ》の異名をもつお方。外来種を狩る剣腕は確かでございますれば、さほどご心配にはおよばぬかと』

闍老は気休めのようにそうつけ加えたが、かえって和狼の気は休まらなかった。

なぜならその名はこの一年、脳裏《のうり》の片隅《かたすみ》を占めて離れないものだったからだ。

（散華姫か……）

その響きに誘われるように、呼び起こされる記憶がある。

はらりと、庭のほうから薄紅の花びらが舞うのを眺め、和狼はふと目を細めた。

あの海都台場《だいば》での激戦から、もうすぐ一年になるのだ。


一年前、和狼は桜花衆の半数を引き連れ、あの場所にいた。

炎のように咲きほこる無数の花と、むせ返るような花粉の瘴気《しょうき》の中、ともに戦っていたはずの二番隊の姿が見えなくなったのは、戦いはじめてどのくらいが過ぎた時だろうか。

周囲を外来種の蔓に囲まれ、散らしても散らしても無限に花ひらく外来種の勢いになすすべもなく、ついに毒粉に目が眩《くら》み、倒れかけた時、和狼は一人の剣士に救われたのだ。

和狼よりひとまわりも小柄な体をしたその剣士は、まだほんの少女に見えた。

しかし、地を蹴《け》った彼女はすさまじい速さで花という花を散らし、和狼のために退路をひらいてみせたのだ。

あの時の少女が散華姫とあだ名される飛龍家の姫君だったことは、後になって知った。

火を噴くように散る花びらも、その中で舞うように剣をふるう姿も、和狼の脳裏に焼きついて、今なお消えることがない。

庭へと下りた和狼は、咲きはじめた桜の下、自らの散華刀《さんげとう》を手にしていた。道場での稽古とは別に、こうして一人でひたすら剣を振ることは、技倆《ぎりょう》を鍛えるよりむしろ、心を鎮めるために必要なことだ。

この六年、たび重なる出動と外来種に対する闘いの中で、和狼の剣もとぎすまされ、桜花衆でも一、二をあらそうまでになっていた。だが、あの少女との邂逅《かいこう》は和狼の矜持《きょうじ》を打ちくだき、忘れられないほどの衝撃を残したのだ。

空《くう》を斬《き》った刃がはらはらと降る桜の花びらを両断する。

(情けない)

あの少女のことを思い出すたび、苛立《いらだ》ちに似た、許しがたいような思いがよみがえる。

それは、一瞬とはいえ、剣をふるう姿に目を奪われたためか。あるいは不覚にも、年端もいかない少女に窮地《きゅうち》を救われた屈辱《くつじょく》のためか。どちらなのかは和狼自身にも判然としなかったが、あの夜の記憶はいくら剣の稽古に没頭しても一向に薄れない。まして、あの時の少女が頭領として自分の上役になるというのだから、なおのこと平常心を保つのは難しかった。

(くそ……っ!)

脳裏にひらめいた記憶めがけ、消えろ、とばかりにひときわするどく空を斬る。

いつの間にかにじんだ汗が花びらの中に散った時。

「だめよ、そんなにこわい顔で斬りつけたら。桜がかわいそう」

澄んだ声が近くから届き、和狼は思わず動きを止めた。

さく、と芝を踏む乾いた音がして、女が一人、こちらへ歩いてくる。

剣をおろした和狼は、声の主を視界に入れて、目を見ひらいた。

愕然《がくぜん》としたのは、全く気配を感じなかったから、だけではない。

ふわりと風になびくのは、どこか色素の薄い、やわらかな髪。身につけているのは、辺りに舞う花びらと同じ桜色の振袖《ふりそで》だ。そして、こちらへ向けられた琥珀《こはく》がかった色の瞳は、まぎれもなく、さっきまで必死に打ち消そうとしていた少女のものだった。

「みごとな鬼無桜《きなしざくら》ね。こんなにりっぱな木は城内でも見かけないわ」

少女は立ち止まると、惚《ほ》れ惚《ぼ》れとしたように桜を見あげた。繊細《せんさい》な白い面《おもて》は記憶にあるものと変わりないが、あの夜とはちがい、今はおだやかな表情がたたえられている。

武骨な男ことばの印象が残っていたせいか、姫君らしいよそおいやふるまいは、まるで別人を見るようで、意外さを押し隠しながら和狼は口をひらいた。

「この桜は、桜花衆創設のさいに植えかえられたものだと聞きます。鬼無村から運ばれてきた親桜のひとつだとか」

なにげない顔をよそおうと、いきおい、淡々《たんたん》とした答えになる。

「そう。この木は海都を守った最初の桜なのね」

しかし、少女は和狼の態度を気にする様子もなく、しみじみと呟いて目を細めた。

鬼無村で生まれたというこの桜には、外来種の繁殖《はんしょく》を防ぐ力がある。

鬼無桜のそばには外来種が生えないとわかってから、城内はもちろん、市中の緑地帯や上水の水源など、いたるところにこの桜が植えられた。

外来種の繁殖が今のところ海都の内側だけに封じこめられているのも、国境《くにざかい》となる清澄川《きよすみがわ》の堤や街道沿いなど、海都外縁をぐるりとかこむようにして蒼龍公が大規模な植樹をおこなったためだ。桜で築かれた防御線があればこそ、外来種は陽源《ヒノモト》の国全体に広がらずにすんでいる。

鬼無桜は枝ぶりや花つきも華やかだが、挿《さ》し木《き》によってのみ増えるため、一代かぎりの命である。二人の見あげる桜の木は、海都に咲きほこる多くの桜の祖《おや》であり、この桜こそ、桜花衆の呼び名が生まれたゆえんであった。

「ごめんなさい。稽古のじゃまをして」

「いえ」

少女の詫《わ》びに和狼は言葉少なに答えると、剣を収める。

ふと、白い手巾《しゅきん》を差し出されていぶかると、ほほえんだ顔が和狼を見つめていた。

「あんまり熱心だから、声をかけようか迷ったのだけど」

「もう終わるところでしたから」

和狼はそっけなく言って、手巾を受け取ると、首筋の汗をぬぐった。

「——おいでになるのは夕刻とうかがっていましたが」

「ええ。遅くなるかと使いを出したのですけど、思ったより早く着いてしまって。せっかくだから、先にこの桜を見てみようと庭に入らせてもらったの」

気がつけば、二人はまるで旧知の間柄《あいだがら》のように言葉をかわしていた。

和狼とのみじかい邂逅を目の前の少女がおぼえているとは思えない。一年前のあの時、自分は覆面で顔半分をおおっていたのだからなおさらだ。そう考えながらも、一瞬、期待ともつかない感覚が脳裏をよぎる。しかし、それはすぐに裏切られた。

「初対面なのに、ごあいさつが遅れたわね。わたしはこのたび花狩番《はなかりばん》頭領を拝命した、飛龍葵と申します」

どこまでも自然な口調で名乗った彼女に、和狼はなぜか言葉に詰まった。

自分の反応にいぶかりながら、ふきげんな口調で和狼は答える。

「和狼才蔵。副長をつとめております」

「屋敷の中はずいぶん静かですね。隊士たちは出払っているの？」

「見回りと出動が半々です。こちらへ。ご案内いたします」

汗をぬぐったものをそのまま返すのもためらわれ、和狼は手巾を懐《ふところ》にしまうと、葵の先に立って歩き出した。黒小袖の肩に、ひらりと薄紅の花びらが散る。

初対面、というなにげない言葉に失望している自分に気づいたのは、だいぶ後のことだった。

「わたし、何かまずいこと言ったかしら」

屋敷の奥殿《おくどの》に近い小書院に通された葵は、ぽつりと呟いた。

「……あの、お茶をお淹《い》れなおししましょうか」

すみに控えていた小姓《こしょう》の少年がおずおずと申し出る。どうやら葵の「まずい」の一言が耳に届いたらしい。

「いいえ、だいじょうぶよ。お茶のことじゃなくて、副長の和狼どのが、ずいぶんお腹立ちのように見えたものだから」

湯のみに口をつけて葵が答えると、少年はいくぶんほっとした顔になる。

「副長はいつもああいうお顔をなさっていますから、ご心配にはおよびません。機嫌のいい顔を見るほうがむつかしいくらいですから」

「そうなの？　てっきりわたしが何か言ったりしたりしたのかと思ったわ」

声をかけた時はふきげんというより少しおどろいているように見えただけで、とくに怒っているようには思えなかった。それが、葵が名のったとたん、態度が急によそよそしくなったように感じたのだが、気のせいだったのだろうか。

（まあ、いきなり飛龍家の娘が現れて頭領の座に収まろうというんだから、機嫌が悪くなるのもあたりまえよね）

葵はそんなことを考える。

十七年前のある出来事いらい、蒼龍公と和狼公の間に深い溝ができているという話は、葵も城へ出入りするうちに耳にしたことがあった。

それだけに、よりによって自分の補佐をする立場、それも副長職に和狼公の三男がついていると聞いた時は、なぜそんな凶悪な人事をと蒼龍公をうらみたくなったものだ。

けれども同時に、人事に文句を言いたいのは副長のほうにちがいないとも思ったのである。

もっと敵意をぶつけられたところで文句は言えないのだから、機嫌が悪いくらいですむなら、むしろありがたいと思うべきなのだろう。

（それに……）

葵は桜の下で散華刀を手にしていた和狼の姿を思い出した。

艶《つや》やかな黒髪を総髪《そうはつ》に結い、役者のように整った顔を引き締めてひたむきに振る剣は、厳しくもあったが、どこか切迫したものを感じさせた。しかし、すっきりと伸びた背筋は、同じく剣を手にする葵でさえほれぼれするほどみごとな立ち姿で、しばし声をかけるのも忘れて見とれてしまったほどなのである。

（少なくとも、剣に関してはまちがいなさそうな人だわ）

和狼の剣について思考をめぐらせていると、当の和狼才蔵本人が小書院に姿を現した。

「お待たせいたしました」

小姓を下がらせ、葵に向きなおった顔は、眉間にしわが寄り、あいかわらず気むずかしそうである。が、さきほどの小姓の言葉が確かなら、この状態が素《す》なのだろう。

……半分くらいは、本当にふきげんなのかもしれないが。

「失礼ですが、お供《とも》の方々はあれだけですか」

「あれだけよ」

和狼の質問に、葵はあっさり首肯《しゅこう》した。

葵が飛龍家の屋敷から連れてきたのは、父に付けられた用人《ようにん》が一名と、荷物を運んできた挟み箱持ちが数名ほどである。飛龍家の姫ともなれば、駕籠《かご》に乗り、若党《わかとう》やら中間《ちゅうげん》、小者に女中まで引き連れ、ぞろぞろと大行列をなして現れるのがふつうだった。

「頭領のわたしがおおぜい下働きを連れてくれば、あなたがたの迷惑になるでしょう？」

桜花衆にいる隊士たちは、手続き上、頭領のお抱えの部下という扱いになっている。

副長や隊長格には蒼龍公から俸禄《ほうろく》、つまり給料が支給されるが、隊士たちの給料は桜花衆の頭領が支払わねばならないのだ。

もし葵が下働きを大勢引き連れてくれば、その分の食《く》い扶持《ぶち》をまかなうため、隊士の人員を削るなどということにもなりかねない。

葵が最小限の供しか連れずにここを訪れたのは、実はそうした理由があった。

「なるほど。少しは内情をおわかりというわけですね」

副長は言った。ほめているのか皮肉なのか、わかりにくいほど冷淡な声である。

「ところで、葵姫はこのたび、桜花衆の総長におなりになったわけですが」

「総長？」

頭領ではないのかといぶかると、和狼はいっさい表情を変えないまま答える。

「花狩番という役職名では『頭領』とお呼びするほうが正しいですが、ふだんは桜花衆という通称を使うことがほとんどです。その場合、総長とお呼びするのがふさわしいかと」

なんでも、桜花衆の創設時代、初代頭領がそう呼ばれたことからはじまる伝統らしい。

「総長はつねにこの本陣にあって、いかなる時でも外来種退治の指揮をとっていただかなくてはなりません」

「もちろん、わかっています」

「あいにく、この桜花衆では常に人手が足らず、おまけに男所帯ですから、総長にはご不自由をおかけするかもしれませんが」

「覚悟はしています。自分のことは自分でできますから」

葵はそう言ったあとで、ふとおかしくなった。目の前のしかめ面の副長が、生まれた時から寄りそってきた乳姉妹の詩乃《しの》と同じ心配をしているように思えたからである。

葵がほほえんだせいで侮《あなど》られたと思ったのだろうか。和狼はますます顔をしかめた。

「そうおっしゃるのでしたら何も申しません。隊士たちにはのちほど、夕食の前に大広間でお引き合わせしますので、それまでこちらでおくつろぎください」

「和狼どの、ひとつお尋《たず》ねしてよろしいですか？」

さっさと席を外そうとした和狼を呼び止めると、黒くするどい瞳がこちらを向いた。

「私にへりくだる必要はございません。どうか和狼とお呼び下さい」

ものを頼んでいるというより、命じていると言ったほうがいいくらいの迫力で告げられ、葵はすなおに言い直す。

「そう？　では和狼。さっきわたしが本陣に着いた時、迎えの隊士がずいぶんおどろいていたようなのだけど」

新頭領を出迎えに現れた隊士は、葵の名を聞き、姿を見たとたん、そのまま一里塚にでもなったように動かなくなったのである。

「それはそうでしょう。隊士たちには、新頭領が姫君であることは知らせておりませんから」

葵の疑問に、和狼はさらりととんでもないことを告げたのだった。


「おい、聞いたか」

「ああ。何かの冗談ではないのか？」

ひそひそと隊士たちのささやきかわす声が聞こえる。

すでに留守居役の者に話を聞いているのだろう。本陣屋敷の大広間には、本陣詰めの隊士や隊長格が顔をそろえていたが、中には数人で顔を集めて話す者、どことなく不安そうな者、半信半疑の者とさまざまだった。

しかし、ざわついていた彼らも、和狼の姿を認めると、ぴたりと口を閉ざす。

和狼は上座の手前、脇士《わきじ》の位置に腰を下ろすと、静まりかえった一同を見つめた。

「すでに承知のことと思うが、本日、桜花衆の新総長となられる方が着任された。ただ今よりお言葉をいただく。一同、礼を尽くしてお迎えせよ」

はっ、といういらえとともに、隊士たちが面《おもて》を伏せ、礼をとる。

「総長のご出座にございます」

小姓の声ののち、襖《ふすま》がひらき、さやという衣擦《きぬず》れの音とともに白足袋《しろたび》が畳《たたみ》の上を進んだ。

やがて新総長が上座に着き、和狼にうなずいてみせる。

「面をあげよ」

副長の声に、隊士たちはほぼ同時に顔をあげ——そして、大広間に衝撃が走った。

上座に腰を下ろしているのは、ほっそりとした体つきの小柄な娘であった。

栗色《くりいろ》のやわらかな髪は背中に下ろし、桜色の振袖をまとった姿はあくまでたおやかである。

隊士一同を見つめる瞳もまた、ほのかに明るい色をおびていて、まつげは長く、ほほえみを浮かべる唇《くちびる》は桜の実よりまだ赤い。

誰かが、ごくりと息をのんだのは、その姿を目《ま》のあたりにしたためか、あるいは信じがたい事実を目にしているせいだったのか。

いずれにしても、彼らの前にいるのは紛《まぎ》れもない、妙齢《みょうれい》の姫君だった。

「桜花衆の総長となった飛龍葵です。外来種を海都より掃討《そうとう》するまで、わたしがここに留まることになりました。みなのこれからの働きに期待します」

新頭領がどこか鷹揚《おうよう》な声でそう述べると、隊士たちはのきなみあんぐり口をあけた。

一同、顎《あご》がはずれんばかりの顔になり、ぴたりと動かなくなったそのさまは、まるで時が止まったようだったという。


「いったい何を考えてやがるんだあんたは!!」

半刻ほどのち、案のじょう、副長和狼は自室で隊長たちに詰め寄られていた。

突如、姫頭領の着任を知らされた隊士たちは、その大半が茫然自失《ぼうぜんじしつ》。中には夕食も取らずにすごすごと長屋に引き上げた者もいるらしい。

しかし、隊長格はさすがに自失するわけにいかなかったのか、大広間に顔をそろえていた三番隊隊長の鷹倉拾兵衛《たかくらじゅうべえ》と五番隊隊長の豹堂圭介が競うようにして和狼のもとを訪れたのである。

「まがりなりにも総長だぞ？　いくら先代が耄碌《もうろく》したご隠居でも、あれでいちおう元閣老だ。

それがよりによって、次は貴族の姫サマって！　桜花衆を潰《つぶ》したいとしか思えねぇ!!」

どさくさに紛れて不敬にもほどがある単語をまくしたて、頭をかきむしらんばかりに取り乱しているのは、鷹倉拾兵衛。

小袖を着崩し、くせのあるかたい髪はあちこち不規則にはねている。和狼や豹堂のように総髪には結わず、断髪にしているのは蒼龍公の武勇伝以来の流行だ。

「俺に文句を言ってもはじまらんだろう。決めたのは蒼龍公だ。文句があるなら上様に言え」

文机《ふづくえ》に向かい、書類仕事を片づけながら和狼は言う。

「だからってなぁ、オレたちに一言くらい……！」

「そうですよ。せめて前もって相談くらいしておいてくださってもよろしいでしょう」

やんわりとした言い方ながらも目が笑っていないのは豹堂だ。拾兵衛はともかく、豹堂は怒らせるとあとあと困ったことになりそうだと、和狼は書類をあきらめ、顔をあげた。

「おまえたちに話さなかったのは悪かった。が、どうせ騒ぎが起きるなら、まとめて一回ですませたかったんでな」

前もって話しても、今日ここで葵の登場をもって明かしても、どのみち隊士たちが大騒ぎになることは目に見えていた。

「なんつーものぐさ」

「まとめて一回ですませるって、洗濯ものじゃないんですから……」

　拾兵衛が肩を落とし、豹堂はあきれ顔で呟く。

「ほかの仕事はためてないぞ。どこぞの馬鹿《ばか》がひと月ぶんまとめて書類を持ってくるほどにはな」

　筆の端でこめかみを掻《か》きながら和狼が皮肉ると、拾兵衛はぎくりと肩をそびやかす。

「何言ってんスか副長。オレは仕事ならちゃんとしてますよ」

　今さらのように適当な敬語で取り繕《つくろ》い、拾兵衛はひきつった笑いを浮かべる。

「ああ。たしかにちゃんとまとめて今朝、俺の部屋の前に置いてあった。未決済ぶんがな」

「忙しいんスよ!!　とんでもなく！　特にここんとこ出動増えてるし！」

　言い逃れが通じないと悟ったのか、またたく間に拾兵衛は開き直った。

「まあ、春ですからねぇ」

　のんびりと豹堂が助け船を出した。外来種という妖花は異国のものといえども花。生きた植物である以上、温かくなるほどに活発になる。

「しかしまあ、副長のお気持ちもわかりますよ。この状況じゃ、申し訳ない話ですが、姫君のご機嫌うかがいに右往左往している暇はありませんからね」

「で、どうするんスか。もしあのかわいい……いや、あの総長が外来種駆除の現場に連れていけとか言ってきたら」

「連れていく」

和狼が即答すると、二人の隊長は絶句した。

「あの方はああ見えて、一年前の海都台場で戦ったこともある剣豪だ。散華姫の名はおまえたちも知っているだろう」

「散華姫って……」

「獅子奮迅《ししふんじん》の働きをして蒼龍公から褒美《ほうび》をいただいたっていう、あの方ですか」

二人が目を丸くするのを見て、和狼は筆をおくと向きなおった。

「人となりに関してはわからんが、少なくとも剣の腕だけなら足手まといにはならんだろう」

「では、剣以外はどう見ます？　副長としては」

ふと真顔になって豹堂が尋ねる。

「今日の今日では何とも言えないが、何も知らされていない隊士たちの前に出て、そ知らぬ顔で挨拶する程度には腹は据わっているようだ」

「まさか、その反応を見るために隊士や私たちに黙っていたんじゃないでしょうね」

疑わしげにのぞきこまれ、和狼は文机に肘《ひじ》をつき、目をそらした。

「結果的にはな」

「副長もお人が悪い……」

ため息をついた豹堂の傍《かたわ》らで、拾兵衛が呟く。

「うわー、インケンっスねー」

「誰が陰険だ」

文机の下に常備している菓子皿から炒《い》り豆《まめ》をつまむと、和狼はすかさず指ではじいて投げつける。眉間に喰《く》らった拾兵衛は「ぎゃっ」と額《ひたい》を押さえてのけぞった。

「なんでオレだけ!?」

「なんとなくだ」

理不尽きわまりない答えを和狼はきっぱりと返す。

隊士たちに新頭領が女であることを告げていない、と教えた時、葵は少しおどろいただけで、すぐにおっとり「そう」と返した。鬼気迫る剣さばきや、自分が目にしたいさましい少女の姿とあまりにかけ離れた態度を見ると、本当にあの時と同じ人物かと疑いたくなる。

「しかし、隊士たちは果たしてこれで納得するんでしょうかね」

考えこんでいた豹堂が、ぽつりと懸念《けねん》を口にする。

もの思いから醒《さ》めた和狼は、低い声でそれに答えた。

「隊士たちはともかく、ほかの誰より納得しそうにない奴《やつ》がいるだろう、一人」

和狼のその言葉に、豹堂と拾兵衛はうっかり罠《わな》でも踏んだような顔になる。

「そうでしたね」

「あいつがいたか……」

「さっきは大広間に来ていなかったようだが、どうしたんだ、あいつは」

顔を見合わせた二人に和狼は問う。

あいつ、とはこの桜花衆でも随一の剣腕をほこる猪熊厳次郎《いのくまげんじろう》のことだった。一番隊隊長をつとめる彼もあの場に顔を出していなくてはならないはずだが、顔が見えなかった気がする。

ちなみに桜花衆には六番隊まであり、二番四番六番隊は、いくつか設けられた支所に詰めていて、いまは本陣に不在である。昨年、和狼とともに海都台場の戦いに参加していたのもこれらの部隊で、拾兵衛や豹堂たちは海都市中の被害を警戒するために桜花衆本陣に留まっていたから、二人が葵の顔を知らなくともふしぎはない。

「外泊届を頼まれましたから、おそらくはサボりでしょう。今ごろなじみの遊郭《ゆうかく》で派手にやってるんじゃないですかね」

「いいよなー花魁《おいらん》」

嘆息まじりの豹堂の答えに、羨望《せんぼう》まじりの拾兵衛の声が重なる。

「あいつは、いくら言っても悪所通いが治らんな」

「ですが、今日ばかりはいなくて良かったかもしれません。ゲンさんがいれば、きっともっと大騒ぎになっていたでしょうから」

「でも、戻ってくれれば同じことじゃないスか」

拾兵衛がぼそりと指摘すると、和狼と豹堂はぴたりと止まり、それからしみじみと息をついたのだった。

そのころ、新頭領のお披露目《ひろめ》を終えた葵は、一人、反省会などもよおしていた。

（働きぶりに期待する、とかいうよりも、ふつつかものですがよろしくお願いします、のほうが良かったかしらね……）

などと、さきほど通されたのと同じ小書院で首をひねる。そばに詩乃がいれば、「ふつつかものでは婚礼のあいさつになってしまいますよ」とたしなめたことだろう。

「あのぅ、姫……さま？」

夕食を終えた葵に声をかけてきたのは、やはり先ほどと同じ小姓の少年だった。

「どうかした？」

葵が屈託《くったく》なく問うと、少しほっとした顔になり、少年はかしこまる。

「私は本日より姫さまのお世話役をつとめることになりました、松之助《まつのすけ》と申します。よろしくお見知りおきくださいませ」

平伏した背中があきらかに緊張しているのを見てとると、葵は目を細めた。

「松之助は、いくつ？」

「はい。十二になります」

「わたしの弟と同じくらいね。いろいろと面倒をかけると思うけど、よろしく頼むわね」

葵の言葉に松之助は顔をあげた。見れば、どんぐりのようなくりっとした瞳に濃い眉がなかなか利発そうな少年である。

「姫さまにも弟君がおられるのですか」

「ええ、別の屋敷に住んでいたのであまり顔を合わせることはなかったけど。体があまり丈夫でないものだから、今は海都から離れているの」

「それは……外来種のせいですか」

海都では、いまだに外来種の発生が絶えることはなく、以前に比べれば減ったとはいえ、体をこわす者も皆無《かいむ》ではない。余裕のある町人や貴族などは早々に海都を離れ、居を移す者も珍しくないのだ。

「それもあるわね。でもあなたはその歳《とし》で海都に留まって働いているんだもの。りっぱだわ」

「皆が海都を捨てて逃げてしまったら、逃げられない弱き者はどうなりましょうや」

きっぱりとした言葉に葵が目をみはると、松之助ははっとしたように面を伏せた。

「お許しください、生意気を申しました」

「いいえ、あやまることはないわ。そんなふうに思ってくれる人がいるから、海都は今も外来種に飲みこまれずにすんでいるんだもの」

葵はほほえんだが、松之助はなおも恥じ入ったようにうつむいている。

「働いていると言っても、私はまだ見習いの身ですから、散華刀をふるうことは許されておりません。私にできるのは、隊長の方々や姫さまのお世話をすることくらいで、何もできてはいないのです」

「それもりっぱな仕事のひとつよ。何もできてないことなんてないわ」

葵が答えると、松之助は顔をあげ、おどろいたようにまたたいた。

「どうしたの？」

「いえ。その……私が小姓の仕事を任された時、副長が同じことをおっしゃいましたので」

『散華刀を持たなくても、これも桜花衆を支える大切な仕事だ』

和狼は松之助にそう言いきかせたのだという。

「そう」

葵はあの仏頂面《ぶっちょうづら》の副長を思い出した。先ほどはしてやられたものの、その一言を聞けば、なんとなく人となりがわかる気がする。

「姫さまは、お付きの女中を連れておいでではないようですが、ここには女手は通いの者しかおりません。私やほかの小姓も必要ならどんな仕事でもしなくてはなりませんので、お世話が行き届かないことがあるかと思うのですが」

桜花衆には下働きの者が少ないのだと、松之助は話した。

見習いや下級隊士たちの中には、中間や小者といった下働きの立場の者がいるのだが、彼らは外来種駆除の役目も請け負っており、ひっきりなしに見回りや出動に駆り出されているため、屋敷の奥向きの雑事などは最低限の人手でまかなっているというのである。

「心配いらないわ。わたしは姫君らしい扱いがしてほしくてここへ来たわけじゃないから。できるだけあなたにも面倒をかけないように気をつけるつもりよ」

「そのお言葉はたいへんありがたいのですが、やはりその……姫さまは女子《おなご》であられますし、ひとつ屋根の下でもし万が一、まちがいが起こるようなことがあれば……と」

松之助はもじもじと言いにくそうな顔で口ごもる。葵は首をかしげた。

「ひとつ屋根の下?」

とはどういう意味だろうか。葵がいるのは本陣屋敷の中でも主殿《しゅでん》と呼ばれる母屋の一角だが、隊士たちが生活しているのは、別棟に造られた長屋のはずである。

「ええと……長屋のほうは確かに隊士のみなさんがお使いなのですが、それ以外のみなさまは別と申しますか」

「それ以外というと、副長や隊長たちのことよね。みんな、別に役宅でもあるの?」

「そうではなくて、つまり……その。副長はじめ、隊長格のみなさまは、こちらの主殿にそれぞれの部屋をお持ちになって、一緒にお住まいになっているんです」

消え入りそうな声で告げ、松之助はうつむく。葵がぽかんとしていると、あわてた様子で顔をあげ、彼はまくしたてた。

「いえ！　同じ屋敷と申しましても、別に隣どうしのお部屋とか、そういったことではありません！　姫さまがお使いになるのはご隠居——先代の総長がお住まいになっていた奥殿《おくどの》ですので！　奥殿へは副長がお使いになっている書院の前を通らなければ行けないようになっておりますし、きっと、おそらく、いざという時には副長が何とか……！」

「あの人、何とかしてくれると思う？」

葵が問うと、気まずい沈黙が流れた。しまいには、歯をくいしばり、どんぐり眼をうるうるさせて震えはじめた松之助を見て、葵は苦笑をうかべる。

「だいじょうぶよ。かりにもし夜這《よば》いをかけられるようなことになっても、返り討ちにできるくらいの力はあると思うから」

（…………まあ、熟睡していなければの話だけど）

いささか頼りないことを考えつつも、葵は虚勢をはっておくことにした。

先刻、和狼が「男所帯ですから」とほのめかしていたのはこういうわけだったのだろう。

覚悟はしていたが、なかなかとんでもない環境に放り込まれたものである。

（食えない男《ひと》ねー……）

恵まれた家柄でありながら、副長という日陰の身に長らく甘んじていなければならなかったという和狼才蔵。彼はどうやら、思った以上に手ごわそうな相手であった。

「何をしておいでですか」

朝の空気の中、氷よりひややかな声に呼びかけられ、葵は顔をあげた。

「何って、見てわからない？　掃除してるのよ」

葵は顔をあげると、汚れた雑巾《ぞうきん》を水桶に浸し、きれいに濯《すす》いでギュッと絞った。

その様子を見て、和狼の眉がぴくりと引きつる。

「私は、なにゆえ総長おん自ら雑巾がけなんぞしているのかとお尋ねしているのですが」

「庭で朝稽古をしようと思ったら、廊下がじゃりじゃりしたから、きれいにしようと思って」

葵は藍色《あいいろ》の稽古着姿のままあっさり答えると、きれいになった雑巾をパン！　と叩き、足音も軽やかに廊下の端まで駆け抜ける。

栗色の髪は和狼と同じように頭のうしろでひとつに結び、着古した稽古着に身を包んだ小柄な姿はすっきりとして、すがすがしくもりりしい剣士そのものである。

「掃除が行き届いていないのはお詫《わ》びします。が！　このような姿をほかの隊士に見られでもしたら、示しがつかないとはお思いになりませんか！」

とたとたとすばやく行ったり来たりする葵の姿をせわしなく目で追いながら、和狼の小言も右へ左へいそがしい。

どこ吹く風と奥殿から主殿に続く廊下の境目までを拭《ふ》き終えた葵は、ふうっと額の汗を手の甲でぬぐい、雑巾を水桶に入れて、立ち上がった。

「わかってるわよ、もちろん。だからこうしてわたしが使う部分しか掃除してないわ」

ほらね、と葵は廊下を指で示す。日の光をあびて、葵の使う奥殿の廊下はつやつやと飴色《あめいろ》にかがやいており、和狼の使う主殿のくすんだ廊下との境目がはっきりわかるほどである。

それを見て一瞬絶句した和狼は、ますます苛立《いらだ》たしそうな顔になる。

なぜこれほど怒っているのかわからず、葵は顔をあげた。

「ひょっとして、和狼のいるところもお掃除してほしかった？」

「そういうことではありません！」

耐えかねたように和狼が声をはりあげる。

「そのような雑事をあなたがこなすことがまちがいだと申し上げているんです。お連れになった小者なり、ここの小姓なりに言いつけてくだされればよいことでしょう！」

「連れてきた供ならもう帰したわ」

葵が言うと、和狼は目を見ひらいた。

「帰した？」

「ええ。荷物を運んでもらうために連れてきただけだもの」

「用人らしい侍も一人いたはずでしょう」

「鵜ノ澤《うのさわ》はわたしじゃなくて父の懐刀《ふところがたな》なの。本陣に無事着きましたっていう報告を父のところへ持たせたから、もういないわ。ここにも下働きの者たちがいるし、通いの女中も来るって言うし、わたしの世話役には松之助をつけてもらったから、手は足りると思って」

「でしたら、松之助なり女中なりに命じれば」

「さっきこっそり様子を見てきたわ。大台所は戦場みたいな騒ぎね。小姓たちまでかりだされてたわ。隊士たちの食事までここでまかなってるのね」

「ええ、まあ……予算と手間のつごうがあるもので」

苦しげに和狼は言葉をにごす。

「通いの女中も食事のしたくが終わるまであちらに手を取られそうだし、その前にすませてしまえばいいと思ったの。このくらいならわたしにもできるから」

「飛龍家の姫が、雑巾がけなどどこで学ばれたのです」

和狼の声には嫌味の響きはなかった。本当に疑問を感じたのだろう。

「師匠のところでよ。剣を教えてもらうために十四になるまで預けられていたの。弟子はわたしだけだったから、掃除ならひととおりのことはできるし、料理も少しなら教わったわ」

「料理まで?」

「ええ」

葵は胸を張った。

「参考までに、どんな料理かうかがっても?」

「おにぎりよ。こう、お茶わんにご飯を盛るでしょう? そうして、もうひとつ空のお茶わんを上からかぶせるの。それから二つのお茶わんを外れないように押さえて、いきおいよく何度も振るとね、なんと、おにぎりができるのよ！」

　葵は両手を結《むす》んで作り方を実演してみせた。てっきり感心した反応が返ってくるかと思ったのに、和狼はひきつった顔のまま固まっている。

「それは握り飯ではなく、飯のかたまりです」

「そうなの？」

「というより、そもそも握り飯は料理ではありません」

「でも、師匠はわたしの料理はおにぎりがいちばんおいしいって言ってくれたわよ」

「ほかにはどんな料理を作られたのですか？」

　葵はなつかしい思い出の数々をたどってみた。

「ええとね……山菜のおこわでしょう、それからキノコ汁も作ったわね。そうそう！　わたしが仕留めた猪《いのしし》で鍋《なべ》にしたこともあったわ」

　しかし、いずれの時も食した直後、どういうわけか師匠の顔は青から緑になり、『葵、末期《まつご》の水はたのみますよ』と息もたえだえにお願いされたものである。

「思うに、握り飯以外の料理は食えたものではなかった、という意味ではないでしょうか」

　葵の思い出を聞いた後で、和狼がそう宣告する。

「……和狼、あなたわりと歯に衣を着せずにものを言うのね」

容赦ない指摘に葵が少し恨みがましい顔になると、和狼はうやうやしく頭を垂れた。

「そのように、人からもよく言われます」

何と言い返してやろうかと葵が思っていると、顔をあげた和狼はほんの少しくつろいだ表情になっていた。

「それにしても、総長が狩りをたしなまれるとは思いませんでした」

「わたしの腕前なんてまだまだだよ。わたしは猪が精一杯だったけど、師匠は熊を一撃で倒したという伝説をお持ちだったし」

答えた葵は、和狼がなんとも言えない苦い顔をするのに気づいていぶかった。

「どうかした？」

「いえ。猪と熊と聞いて、ちょっといやなことを思い出したもので」

気まずそうに和狼が声を落としたとたん。

「呼んだ？」

ひょこ、と何の前ぶれもなく、長身の和狼の背後から愛らしい顔がのぞきこむ。

葵ははっと息をのんだ。そこにいたのは、やわらかくうねる巻き毛を肩に下ろし、紅桃色の小袖を身につけた、目をみはるような美少女だったのである。

「なになにー、何の話？」

「ひっつくな。脂粉《しふん》のにおいが移る！」

すり寄られた和狼は、つかまれた袖をひっぺがすと、ふきげんそうにどなった。

「おまえはまた悪所にしけこんでいたんだろう。たいがいにしろと何度言ったらわかるんだ！」

「だってぇ、やっぱりきれいな女のコって心がなごむんだもん。最新の着物のこととかも教えてくれるしさぁ」

美少女は甘えた声で言い、かたちのよい唇をとがらせる。

葵があっけにとられていると、少女は立ちつくしている葵に気づいたように目を向けた。

「あれェ、キミ、見ない顔だけど新入り？」

「口をつつしめ、馬鹿者が！」

まじまじと葵の顔をのぞきこんだ美少女の頭をわしづかみにして、和狼は強引に引き戻す。

「この方は桜花衆の新総長となられた葵姫だ。ひかえろ！」

ひかえろ、と一喝《いっかつ》された当の美少女は、ひかえるどころかぽかんと口をあけ、稽古着姿の葵を見つめると、やおら指を突きつける。

「えぇー？　ヒメって、なんで総長が女のコになってるのさー!?」

「おまえが言うな！　指をさすな！」

和狼はなんとか礼をとらせようとぐいぐい頭を押しつけ、葵に向けた指を下ろさせようと苦戦している。見るに見かねて、葵はやんわりたしなめた。

「あの、和狼。女の子にそんな手荒なことをするものじゃないわ」

「こいつは女ではありません」

和狼は毒でも盛られたような顔で美少女から手を放した。

小袖姿の美少女（?）のほうは、「なんだよぅ、髪型が崩れちゃうじゃないか」とぶすくれている。葵はぱちくりとまばたいた。

「ええと、女じゃないって……」

「この者は桜花衆一番隊隊長の猪熊厳次郎。こう見えてもれっきとした男です」

穴があったら投げこみたい、と大書《たいしょ》してありそうな表情で傍らの美少女——もとい、美少年をいちべつし、和狼は告げる。

「えへへー、よろしくぅ！　ボクのことはゲンさんでいいからね！」

礼儀もへったくれもない態度で彼は指を二本突き出した。

桜花衆はくせもの、食わせ者、問題児の巣窟《そうくつ》。

という噂がまぎれもない真実であることを、葵はこの時ようやく実感したのである。

三　仁義なき姫対決！

猪熊厳次郎《いのくまげんじろう》は、五大公和狼家《ごだいこうかずろ》の分家筋にあたる直臣《じきしん》の家系だという。

「ごらんのとおり、口の利き方はおろか、礼儀作法も一向《いっこう》にわきまえぬ愚《おろ》か者《もの》でして、猪熊家の当主から私が身柄を預かって教育することになった次第なのですが」

葵にそう説明しながらも、和狼のこめかみはぴくぴくと脈打《みゃくう》っている。

「その小袖《こそで》、ウサギがたくさん飛び跳《は》ねてるのね。とてもかわいいわ」

「でっしょお？　ボクのお気に入りなんだー」

「この、衿《えり》や袖から出ているふわふわした布はなに？」

「これはねぇ、透かし編み《レース》っていうんだって。大陸で作ってるっていう貴重品なんだ」

――などと、娘二人、ではなく娘にしか見えない一番隊隊長と姫頭領は、今にも堪忍袋《かんにんぶくろ》がはちきれそうな副長そっちのけで打ちとけていた。

「茶屋や遊郭《ゆうかく》なんかに行くとねぇ、こういうのにくわしい女のコや姐《あね》さんなんかがたくさんいて、いろいろ教えてくれるんだよー」

自慢げに透かし編みを見せびらかす厳次郎を、和狼は首を絞めそうないきおいで黙らせようとする。

「くだらんことをぺらぺら喋《しゃべ》るな！」

「だってー、このコ、桜花衆《おうかしゅう》の新しい総長なんでしょう？　だったらボクのことも教えたげないと。ボクがどんなにかわいくてー、強くてー、みんなの人気者かってこととかー、あとボクと和狼さんがどんなに仲良しか、とか？」

小首をかしげ、蠱惑《こわく》的な笑みを浮かべると、厳次郎は和狼の腕にきゅっとしがみつく。愛らしいその姿は、性別が判明した今も美少女にしか見えない。

「……ひょっとして、二人はわりない仲なのかしら」

葵《あおい》はおどろきに打たれて呟《つぶや》いた。男同士でそういう仲になることがあるというのは耳にしたことはあるが、現物を見るのははじめてである。

「冗談ではありません！」

和狼は犬ころでも追うように厳次郎を振り払い、即答する。

「えー、なんでェ？　ボクが子供のころ女みたいだっていじめられてたら、いつもかばってくれてたのにィ！」

「そんな昔の話など知るか！」

「だってだって！　ボクにあの時『それならおまえは女らしい男になればいい』って言ってく

れたじゃないか！」

「そんなことは言っとらん。俺は『男らしい男になれるように自分を鍛えるなり、女らしい男の道でも究《きわ》めるなり、身の処し方を考えろ』と言ったんだ！」

両手を握りしめて力説する厳次郎に、和狼はそう反論した。

どうやら、幼少時の厳次郎は、男らしい男として自分を鍛えるのではなく、女らしい男の道を究めるほうを選んでしまったようである。

「ということは、わたしはゲンさんのことを男のコだと思えばいいのかしら。それとも、女のコとして接したほうがいい？」

葵が疑問に思って尋《たず》ねると、厳次郎はくるりと向きなおり、指を突きつける。

「ボクはあくまでも女らしい男のコ、だからね！　べつに女になりたいわけじゃないんだよ」

「そうなの？」

「そうだよ！　だって、こんなにも愛らしくて見目うるわしいボクみたいなコが黒だの紺《こん》だの柿渋色《かきしぶいろ》だの、くすんだじじむさい色の着物なんか着てたら、この陽源《ヒノモト》の損失もいいところじゃないか！　ボクはかわいいものやきれいなものが好きなだけ。だからそこんとこまちがえちゃダメだよ？」

「申し訳ありません。こいつを無礼討《う》ちになさるのでしたら、今すぐ支度いたします」

和狼は今にも手打ち用の刀を差し出しそうな顔で言った。

「ええと…………だいじょうぶよ。今のところ必要ないわ」

やや力なく笑みを浮かべ、葵はそう言っておくにとどめた。


桜花衆本陣に場ちがいな歌声が響いたのは、葵の総長就任から四日目のできごとだった。

「いったい何ごとだ⁉」

騒ぎを聞きつけて表殿の広縁《ひろえん》へ出てきた和狼は目を剝《む》いた。

纏《まとい》を振り、木遣歌《きやりうた》も高らかにぞろぞろと庭に入ってきたのは、揃《そろ》いの長半纏《ながはんてん》を身につけた男たちである。半纏に染め抜かれた纏印《まといじるし》は、このあたりを縄張《なわば》りとする火消衆《ひけししゅう》にちがいない。

「どうした、鷹倉《たかくら》！　また現場でもめたのか」

和狼はそばにいた三番隊隊長にするどい声で尋ねる。火消衆とは以前、はでな喧嘩《けんか》騒ぎを起こしたことがあるからだ。

火消衆は火事場が専門。いっぽう桜花衆は外来種《がいらいしゅ》に特化した組織だが、いずれも若い男ばかりで気が荒い。外来種が発生した先で火事など起こればかちあうこともあるから、どちらの仕事を優先するかで揉《も》めることも珍しくなかった。

しかし、広縁にいた鷹倉拾兵衛《じゅうべえ》は否定する。

「いや、そんなんじゃないっスよ。なんかどうも例の新総長が火消衆に梯子《はしご》乗りを見たいって言い出したらしいっス」

「なんだと⁉」

ふざけた話に耳を疑っていると、ざわめきが大きくなる。気づけば、庭先や広縁には留守居の隊士や見習いの小者まで詰《つ》めかけているではないか。

さっさと持ち場に戻れ、と和狼が声をはりあげようとした時、歌声がやんだ。

火消衆たちが頑丈《がんじょう》な竹梯子を支えるなか、曲芸がはじまったのだ。

火消衆の一人がトトト、と軽快に梯子のてっぺんに登ったかと思うと、片手とつま先だけで体を支え、ぱっと梯子から逆さ吊《づ》りになる。技が決まったとたん、どっと歓声があがった。

不安定な梯子の頂上で腹だけを支えに寝そべってみたり、鯱《しやち》のように逆立ちしたり、あわや落ちる！ と見せかけて、脚《あし》をひらいてとっさに宙吊りになってみせたりと、目もくらむような技の数々に、見物している隊士たちはわきたち、掛け声がかかる。

「すげえ！ あれ鯱⁉ 鯱だよな！」「うお、肝《きも》つぶし‼ 決まった！」などと、いちいち声がでかいのは、言わずと知れた拾兵衛だ。

そんな中、ふと視線をやると、座敷には小袖姿の葵が腰をおろし、隊士たちと一緒に手を打って、無邪気なほど楽しそうに芸に見入っているのが見えた。

（いったいどういうつもりだ……！）

出初式《でぞめしき》でもはじまったような光景は、まるで時ならぬ正月さわぎだ。

もはや事態に収拾のつけようもなく、和狼は一人、顔をしかめたのだった。


「おい、総長はこちらにお見えにならなかったか」

障子《しょうじ》を開けると、和狼は中にいた豹堂《ひょうどう》に声をかけた。

「書院のほうにはいらっしゃらないんですか？」

報告書をしたためていた豹堂が手をとめて答える。

「いないから捜してるんだ。目を通していただきたい書類が山になってるってのに」

「目を通すと言ったって、あとは御名と花押《サイン》をもらえばいいだけなんじゃないですか？　まさかここにいらしてから丸五日分ためてるわけじゃないでしょう」

「未処理のまま丸五日分たまってるんだ」

のんびり言った豹堂に和狼は苦い顔になる。

「それは困りますね。何だかんだ言って、前のご隠居は御名を書くのだけは早い人でしたから」

「あとは趣味三昧に遊び呆《ほう》けてらしたがな」

どっちもどっちだ、と言いたい気分で和狼は息をつく。

前代《ぜんだい》未聞《みもん》の鳴物入りで就任した姫頭領は、今のところさっぱり仕事をしているけはいがない。

昨日は火消衆が梯子乗りまで披露するさわぎだったが、そのあと葵に小言のひとつも言ってやろうにも、いつの間にやら姿を消してしまい、翌朝まで姿を現さなかったのだ。

けさになってようやく顔を見せたものの、隊士たちの出動を見送ったあとは本陣の敷地内にある長屋を見物して暇をつぶしていたし、午後に見回りの報告を受けた時も、とくに質問するでなく、ただにこにこと機嫌よく聞いているだけというありさまだ。

現にいまも、葵が書類仕事をほっぽって、ふらりと行方《ゆくえ》をくらましてしまったものだから、こうして和狼は姿を捜して本陣を歩きまわるはめになっている。

「何をしてらっしゃるんです？　そんなところで」

鑑定方《かんていがた》の詰所《つめしょ》となっている診察室で、ようやく和狼は葵を見つけた。

鑑定方は、巷《ちまた》で駆除された外来種の標本を持ち帰り、その毒性を検査したり、花粉の毒に侵された者の解毒や治療をおこなう役職である。

「あら和狼、どうしたの？　緊急の出動？」

板の間に置かれた腰掛に座っていた葵は、わらび餅《もち》をほおばっているところだった。

「そうではありませんが、黙っていなくなられては困ります」

「ごめんなさい。いま見島《みしま》に、外来種の分類と最近の研究成果について話を聞いてたとこ……ぐふッ！」

きなこを喉《のど》に詰まらせ、むせかえった葵にそっと湯のみを差し出したのは、鑑定方の医師、見島春海《はるみ》だ。小袖の上に白衣を身につけ、背中までの髪をゆるく束ねた彼は、繊細《せんさい》な顔立ちをしており、この国ではまだ珍しい眼鏡をかけている。

「さようですよ。おかしらが外来種の発生分布について知りたいと仰《おお》せでしたので、お話していたところです」

「俺には茶のみ話をしていたようにしか見えないんだが」

和狼はひややかに二人の間にある卓を見下ろした。

そこには、お茶のほかに、甘味が所狭しと置かれている。

「ええ。ですから、このところ外来種の発生が頻発《ひんぱつ》している天野界隈《あまのかいわい》の名物、白虎屋《びゃっこや》の栗《くり》ようかんとつばめ亭《てい》のわらび餅と響月堂《きょうげつどう》の大福をそれぞれ食べ比べてみようかと」

見島は眠そうな目で淡々と答える。

「それが外来種の発生と何の関係がある」

「おや、おわかりにならない。外来種の発生という突発的な出来事によって店主の心がいかに揺れ動き、それが菓子の味にどのように影響しているかという地道な研究なのですよ」

「花粉が菓子に混入していないか調べるためじゃないのか」

「そういえばそのような目的もございますね。ま、おかしらが食べてくださっていますから、花粉が入っていればすぐわかるでしょう」

見島はそう言って眼鏡を押し上げる。和狼は葵が今まさに口にはこぼうとしていたわらび餅を横から取りあげた。

「総長を毒味役にするつもりか貴様は」

「冗談の通じないお方ですな、副長も」

「おまえが言うと冗談に聞こえん」

殺気のこもった視線で見島をにらんでいる和狼に、葵はのんびりと言った。

「だいじょうぶよ和狼。ここにあるのはみんな、花粉混入の有無は検査ずみだそうだから」

「……まったく、ひどい言いぐさですな。鑑定方あっての桜花衆だというのに」

見島は大げさにため息をついてみせる。

桜花衆には十名ちかい鑑定方がいるが、見島はそれらを監督する責任者だ。

常に隊士たちが詰めている本陣では、鑑定方は医療所も兼ねているのだが、やる気のなさそうな顔で過激な治療をおこなう見島に、すすんで不調をうったえる隊士はまれである。

「菓子の毒味なら私が代わります。総長は戻って書類をお片づけください」

和狼が栗ようかんの載った菓子皿を取り上げようとすると、葵がそれをむんずとつかんだ。

「あらやさしいのね和狼。でもいいのよ、これも大事な総長としてのお仕事だもの」

「でしたらもっと大事なお仕事を書院のほうでひとつ」

「いえいえそんな、遠慮しなくても」

「総長こそ!」

にこにこしつつも頑《がん》としてようかんを手放そうとしない葵と、しかめ面で皿を引っぱる和狼との、見苦しくも息詰まる攻防がしばし続いた。

見島は全くの我関せず顔でもくもくと大福を口にしている。

菓子皿にひびが入ったのを潮《しお》に、対決は痛み分けとなり、総長と副長はめいめいひと切れずつようかんを口にはこんだ。

就任以来、和狼はひまさえあればこんな調子で葵に神経を逆なでされている。

「仕事をなさる気がないのでしたら、せめてじっとしていてくださいませんか」

和狼が低い声で告げると、お茶をすすっていた葵がぴたりと動きを止めた。

「わたしはこれでもちゃんとお仕事しようと思っているのだけど」

「どこがですか。厳次郎に茶屋を案内させようとしたり、隊士たちの長屋をのぞきに行ったりするのが仕事とは思えません。火消衆を呼んで、出初式の再演をやらせたのも、まさか仕事のうちだとおっしゃるのではないでしょうね？」

和狼はどこまでも冷徹にたたみかける。はじめのうちこそ畏《かしこ》まった態度で葵に接するつもりでいたが、そんな意識はまたたく間に粉砕《ふんさい》された。なぜなら、いくら口やかましくうったえても、この総長ときたら、まるきり応《こた》える気配がないからである。

「ええと……昨日は別に出初式をやらせようと思って呼んだわけじゃないのよ？　ただ、梯子乗りはどうやるのか見たことがないっていう話をしたら、火消衆のみなさんが総長就任のお祝いだと言ってくださって」

葵はきまり悪そうに口ごもる。

「以前、火消衆とは出動先で喧嘩ざたを起こしたことがあるので、隊士には関わりあいにならないように申し伝えていたのですが」

こめかみに青筋を浮かせながら和狼は説明した。

「そう？　でも、ああしてお祭り騒ぎになったおかげで、火消衆のみなさんとも打ちとけるいいきっかけになったし、隊士たちも喜んでくれてたと思うのだけど」

確かに、梯子乗りを存分に堪能《たんのう》してわだかまりも吹き飛んだのか、最後には隊士たちも火消衆を歓声で見送っていた。庭に面した座敷から、目をかがやかせて曲芸を見まもっていた葵の姿も新鮮だったのだろう。貴族の姫君にしては親しみが持てるほうだと、好意的に受け取った隊士も多く、今のところ新総長に表立った反発は見られない。

「火消衆のことは置くとしても、総長としての威厳《いげん》というものがあります。われわれは遊びごとで外来種と戦っているわけではないのです」

和狼はするどいまなざしを葵に注いだ。

黒光りのする眼光は、並みの隊士であれば震え上がって青ざめるほどの殺気がこもっている。

しかし、目の前にいる葵はよほど鈍いのか、それとも腹が据わっているのか、おだやかな表情をぴくりともそよがせない。

「わたしもお遊びでやっているつもりはないわ、和狼」

返ってきた声は静かだったが、反論を許さない確固とした響きがあった。和狼が少し意外に思っていると、葵は湯のみを置いて立ちあがる。

「でも、そう見えたならわたしにも責任があるわね。部屋に戻ります。見島、ごちそうさま」

そしらぬ顔で銘菓《めいか》番付など眺めていた見島に声をかけると、葵は診察室を出ていった。

「……何を考えているのだかな」

その姿を見送りつつ和狼がごちると、見島が呟く。

「まあ、それなりに考えておられるんでしょう」

声が返ってくるとは思わず、和狼は見島の横顔に視線を向けた。

「少なくとも、先代よりは外来種の駆除にも関心がおありなんだと思いますよ」

「なぜそう思う」

和狼が問うと、見島はあいかわらず眠そうな目で答えた。

「先代のご隠居は、一度もこの部屋を訪れたことはございませんでしたからな」

標本や薬種棚のずらりと並んだその部屋の主《あるじ》を、和狼はしばし無言で見つめた。

「おまえはあの総長を買っているのか」

「買うも買わぬもございませんよ。知識を求めようという志《こころざし》のある方ならば、私はどなたであれ歓迎する心積もりでおりますから」

見島の表情からも声からも、感情らしきものは全く読みとれない。しかし、そういえばこの男ははじめから葵のことを「おかしら」と呼んでいたことに和狼は気づいた。

おかしら、という呼びかけは、隊士たちが親しみと敬意をこめて、唯一無二の頭領に与えるものだ。だとすれば、この男なりに葵を認めるような何かがあるということなのだろうか。

「あの総長、桜花衆に居つくと思うか？」

「さあ。隊士たちや厳次郎どのの反応にもよるのでしょうが、何より大きな問題は、副長におありなのでは？」

「俺が？」

逆に問われて、和狼は眉《まゆ》を跳ね上げる。

「ええ。副長がおかしらを受け入れるおつもりなら、おそらく、心配はございますまい」

いやな答えに、和狼は顔をしかめた。

まったくもって、それこそが大問題なのだった。

しかし、当面の問題はほかにあった。

というのも、

「なァんか、ボク、納得いかないなぁ」

女心を持つもの同士、いったんは意気投合したかに見えた姫頭領と一番隊隊長だったが、案のじょう、厳次郎がそう言ってごね始めたからである。

「納得いかないって何がだ」

和狼は自室で文机《ふづくえ》に向かい、鬼のようないきおいで報告書を読み、書きまちがいに容赦《ようしゃ》なく筆を入れ（ちなみに拾兵衛が一番まちがいが多い）、決と未決の事案をより分けながらぞんざいに尋ねた。

「だぁってさー、和狼さんてば、あのコが来てから、かかりっきりでちっともボクのこと構ってくれなくなっちゃったんだもん」

報告書を提出しに来たついでに居座ってしまった厳次郎は、行儀《ぎょうぎ》悪くごろごろと畳《たたみ》の上を転がりながらうったえる。存在自体が飛び道具のようなこの男は、いくら言っても「副長」とは呼ばず、和狼のことを名前で呼びたがる。

「人聞きの悪いことを言うな。総長が来る前からおまえに構ったおぼえはない」

厳次郎のことは基本、陰日向なく放置している和狼である。

「えー、そんなことないよぅ！　ボクが茶屋にいれば真っ先に駆けつけてくれてたしぃ、呉服屋で新しい着物も買ってくれたしー、しっぽり料亭で差しつ差されつなんかもしちゃったりしてたのにさぁー！」

ばたばたと両手両足を動かし、熱弁をふるう厳次郎に、和狼は思わず筆を墨壺《すみつぼ》に投げこんだ。

「それは全っっっ部、おまえが無一文で飲み食い買いものしたあげく、取り立てが本陣にまで押しかけてきたからだこの馬鹿者《ばかもの》!!　おまけに料亭で豪遊したツケまで払わされたら、せめて酒でも飲まずにいられるか！」

つまり、ツケを払わされヤケ酒をあおった副長に延々《えんえん》説教を喰《く》らいつつ、厳次郎は夢うつつに舟をこいでいた、というのが「料亭で差しつ差されつ」の真相なのだった。

「ちがうもん!!　このお気に入りのウサギ柄の着物だって、和狼さんが『厳次郎みたいでかわいいウサギだな』って」

「俺がいつそんな寝言を言った」

和狼が容赦なく頬《ほ》っぺたを引っぱると、厳次郎は涙目になりながら両腕を振りまわす。

「――って、言ってくれたらいいなぁと思って、色ちがいで全種類仕立てたらお金がなくなっちゃったんだよぅ!!」

うわぁぁん、と畳に拳《こぶし》を叩きつけるだだっ子が桜花衆きっての剣豪《けんごう》だというのだから、この世のあまりの不条理に天を仰ぎたくなる和狼である。

「おまえはいっぺん海都湾に沈んでこい！　別の生き物になるまで戻ってくるな!!」

吐き捨ててくるりと仕事に戻った和狼に、厳次郎はさらに泣きわめく。

「和狼さんがつめたいよォォ!!」

力まかせに筆を墨壺に突っこんだおかげで、報告書いちめんに墨が飛び散っているのを見た和狼のほうこそ、泣きわめきたいくらいだった。

（なるほど。隊士たちがおとなしいと思っていたが……）

妙に納得した思いで和狼は反故《ほご》を丸める。

いきなり貴族の姫君なんぞが総長として就任して五日あまり。いつ隊士たちの不満が噴きあがるかと構えていたものの、今のところ考えていたほど大きな反発はない。

不思議に思っていたが、よくよく考えてみれば何も不思議なことはなかったのだ。

目の前に厳次郎という生ける非常識がいるのだから、今さら非常識がひとつ増えたところでそうそうおどろくはずもなかったのである。

「いいもん。和狼さんがそのつもりなら、ボクにだって考えがある。あとであやまっても遅いんだからね……！」

ぐじぐじと涙声でしゃくりあげながら厳次郎が呟くのが聞こえたが、和狼はとりあわなかった。

この時の言葉の意味を和狼が知るのは、しばらくのちのことである。

湯船に浸《つ》かった葵はふうっと息を吐き、やわらかな湯を肩にかけた。

「この瞬間がいちばん人心地つくわー」

うっとりと目を閉じて葵はなごむ。

この桜花衆に総長として就任して早くも六日。朝稽古《あさげいこ》のあとで湯に浸かるひとときが、葵にとって何より気が休まる時間だった。

飛龍《ひりゅう》家の屋敷にいた時は、奥女中に糠袋《ぬかぶくろ》で背中を洗ってもらうこともあったが、どちらかといえば葵は一人で湯に入るほうが好きである。

この桜花衆でも、はじめのうちは通いの女中が入浴を手伝ってくれたりもしたが、気心の知れない者に裸を見られるのは何となく居心地が悪いので、今では湯殿へ案内してもらった後はさがらせている。

(いまのところ、隊士たちにめだった反発はないようだけど……)

ぼんやりと天井の木目を眺めながら葵は考える。

例にない女総長の就任に、もっと反感なり敵意なりを向けられるかと思っていたのだが、とくに友好的ではないにしろ、隊士も隊長も、面と向かって葵に反抗してくるようなことはない。

少女と見まごうばかりの一番隊隊長、猪熊厳次郎などは、葵の姿を見かけるたびに笑顔で声をかけてくれるほどだ。

(いちばん手ごわいのはあの人よね、やっぱり)

葵は常に眉間《みけん》にしわを寄せている副長、和狼を思い出した。

葵の仕事ぶりに目を光らせ、口やかましく進言してくる姿はお目付け役のようである。

もっとも、理不尽なことを言っているわけではないから、今のところ、怒られるようなことばかりしている葵のほうが悪い、ということになるのだが。

（もう少しおだやかな顔をしてくれるとか、やさしい声のひとつも出してくれると打ちとけやすいと思うのよね）

などと考えた葵だが、あの副長のおだやかな顔というのがどうにも想像できず、頭を振る。

その時、着物を脱ぐ上がり場のほうで、がたりと物音がした。

どうやら人が入ってきたようである。

（え？）

ぎょっとしたものの、まさか裸のまま見に行くわけにもいかず、湯船の中で固まっていると。

がらりと無造作に引き戸があき、つい今しがた思いうかべていた副長その人が姿を現した。

「鷹倉!!　またきさまか！」

「風呂の順番は守れと何度言っ……」

立ちこめる湯気の中、怒鳴ったところで葵の姿に気づいたのだろう。和狼の声が不自然に途切れる。

無言のまま、しばし二人は見つめあった。

ぴちゃーん、と白々しいほど高く、天井からこぼれた雫《しずく》が音をたてる。

「ええと……今日は主殿《しゅでん》の湯殿しか使えないって、さっきゲンさんに聞いたのだけど」

まちがったかしら、と葵はなるたけ冷静に言った。

立ったまま死んでいるのかと思うほど目をみはり、固まっていた和狼は、その言葉でようやく術がとけたように我に返り、弾かれたように背中を向ける。

「失礼、しました！」

ぎこちない声とともにその背中が上がり場に消え、ぴしゃりと引き戸が閉められる。

と、思うと、床板を踏みぬくいきおいで和狼が湯殿を飛び出していき、足音がすさまじい速さで遠ざかってゆくのが聞こえた。

静かになった湯船の中で、葵は一人、息をついた。

（……悲鳴、あげそこなっちゃった）

あんなに堂々と風呂をのぞかれると思わなかったので、ついまじめに返事をしてしまった葵である。仏頂面以外の和狼の顔はおがめたが、もちろんちっともうれしくなかった。


「厳次郎――――――!!」

縁廊《えんろう》を駆け抜けた和狼は、鬼の形相で障子を開け放った。

途中、副長のあまりの迫力に小姓《こしょう》と見習い隊士が二人ばかり腰を抜かしかけたが、そんなことに構っている場合ではない。

締め上げに来てみれば、当の厳次郎は部屋で腹を抱えて爆笑しているのだから、和狼の怒りは心頭に発した。

「おまえはよほど海都湾に沈められたいらしいな……」

今にも剣を抜きかねないいきおいで、和狼は全身に殺気をまとわせる。

「あれェ？　和狼さん、服着たままなんだ？」

「あたりまえだ！」

「なぁんだ。てっきり二人ともハダカでバッタリかと思ったのになァ」

厳次郎はにじんだ涙をぬぐいながら残念がった。

「上がり場に脱いだものが置いてあれば人が入ってると思うに決まってる!!」

悪いことに、上がり場に置かれていたのが藍色の稽古着だったことも災《わざわ》いした。

いつも時間も順番もめちゃくちゃに湯を浴びる、三番隊の拾兵衛が入っているのだろうと、何の遠慮もなく戸を開けてしまったのである。

「総長にこっちの風呂を使えと言ったようだな。いったい何のつもりだ。俺に風呂をのぞかせて、おまえに何の得がある！」

ぎりぎりと衿首《えりくび》を締め上げられているにもかかわらず、厳次郎はしまりのない顔で笑み崩れている。――はっきり言って不気味だ。

「えへへー。和狼さんも現実を見れば目が覚めるんじゃないかなーと思って」

「現実？」

「そ。いくら姫サマって言ったってさー、男まさりに剣を振りまわすような乱暴なコが女らしい体してるわけないもんねー。肩や腕なんて筋肉ガチガチでェ、胸なんてまな板みたいに決まってるもん。しょせんボクの敵じゃないっては っきりわかるんじゃないかと思って」

「敵じゃないどころか、おまえは男そのもので、そのうえ剣も振りまわしてるだろうが！」

「ボクはほら、地上に舞い降りた美の化身だから。で、どうだった？　ガッカリした？　やっぱりまな板？　ねえねえねえ！」

　厳次郎はわけのわからない理屈をこねると、目をきらきらさせながら聞いてくる。

　一瞬、厳次郎を締め上げていた和狼の動きが止まった。

　反射的によみがえったのは、びっくりしたように目を見ひらいている葵の顔だ。

　さらには、かすむ湯気の中、湯船に浸かった細くなめらかな肩と、白い肌を思い出しかけた和狼は、厳次郎を放し、おもむろに立ち上がる。

「？」

　けげんな顔をしている厳次郎をよそに、和狼は縁側に面した障子に向きなおると——障子紙に容赦ない鉄拳を叩き込んだ。

「ひいィッ!!」

　障子越しに和狼に衿首をつかまれているのは、悲鳴からして鷹倉拾兵衛であろう。

「……立ち聞きする奴はこの場で切腹させる」

「聞いてない！　オレはなんも聞いてないっスよ‼」

まさか障子を突き破って手が出てくるとは思わなかったのか、地の底から響くような和狼の恫喝《どうかつ》に、声が本気でおびえている。

縁側に潜んでいた拾兵衛が泡を食って逃げていくと、和狼は障子から腕を引き抜き、氷のまなざしを厳次郎にも注いだ。

「おまえもだ、厳次郎。こんど思い出させたら、俵《たわら》に詰めて川底に沈めてやる」

「えー。そんなぁ」

不満そうな声をあげた厳次郎を和狼はさらににらむ。

「この件はきっちり総長にも処分していただく。覚悟しておけ」

あんなことがあった以上、さすがに葵もただでは済ますまい。頭の痛い事態に、和狼の眉間のしわがいっそう深く刻まれた。


ところが。

「ごめんねぇ、てっきり奥殿《おくどの》のおフロが使えなくなってるとばっかり思ってて、ボク」

葵の書院に出頭すると、厳次郎は緊張感のかけらもない顔で開口いちばん詫《わ》びをのべた。

その頭を横から押さえつけ、和狼も平伏して謝罪する。

「申し訳ありません。私の監督が行き届かぬばかりに、総長に耐えがたい恥辱《ちじょく》を与えることになってしまいました。この処分はいかようにもお受けいたします」

たかがおフロのぞきくらいでさー、とブックサ言っている厳次郎を黙らせようとしていると、上座で葵が苦笑する気配がした。

「耐えがたい恥辱かどうかはわからないけど、確かにびっくりしたわ。でも、確認すれば防げたことだし、湯殿の外に女中を控えさせておかなかったわたしにも責任があります」

「しかし！」

とっさに顔をあげた和狼に、葵はいくぶん困ったような笑みを向ける。

「以後、こういうことがないように徹底する、ということで、おたがい今朝のことは忘れることにしてはどうかしら。わたしとしても、あまり大ごとにするのは恥ずかしいし」

「さっすが総長。やっさしー！」

どこまで本気なのか、調子よく厳次郎がはやしたてた。大ごとにしたくない、と言われれば和狼もそれ以上は踏みこめず、仕方なく葵の部屋を退出する。

「なァんだ。べつに怒ってなかったじゃない。ボクがウソついたことも気づいてなかったしー。やっぱり大したことないねェ、あのコ」

あっけらかんとした態度の厳次郎をよそに、和狼は釈然《しゃくぜん》としない思いを抱えたままだった。

「おまえ、本当にそう思うのか？」

てっきり和狼のどなり声が返ってくると思ったのだろう。静かな声で問いかけられて、厳次郎はいぶかしげに振り返る。

「どういう意味さ、それ」

「どうにもあの総長は底が知れん。この仕事も貴族の姫が手なぐさみに引き受けたのかと思ったが、それだけのようにも思えないしな」

この本陣にお付きの女中一人も連れず、少ない供《とも》で到着したとわかった時には、内心おどろいた。行列を引き連れ、鳴物入りでやってくるとばかり思っていたからである。

総長として就任してからも、先代のように奥殿にこもって仕事を副長まかせにするでもなく、かと言ってあれこれ口を出してくるでもなく、気がつけばあたりまえのように隊士の中に紛《まぎ》れこんでいたりする。

先ほどの風呂の一件もそうだ。なまじの姫君なら、男が湯殿に入ってきた時点で叫ぶか泣きわめくかして、厳次郎や和狼にも怒りをぶつけてくるものではないだろうか。

育ちのせいでおっとりしていると見ることもできるが、ほとんど身ひとつで桜花衆に乗りこんできた状況を考えると、とんでもなく腹が据わっているようにも思えるのである。

和狼がそう言うと、厳次郎は不服そうに頰《ほお》をふくらませた。

「なんだよォ、和狼さんてば、そんなにあのコのこと買ってるわけ？」

「誰もそんなことは言ってない。得体が知れんと言ってるんだ」

和狼は冷静に答えたが、厳次郎は聞く耳持たず、ぷいと横を向く。

「ふんだ。いいよもう！　そんならボクがあのコの化けの皮をはがしてやるんだから。こんなとこもうイヤだって泣いて家に帰るまでいじわるしてやるゥ!!」

ろくでもない宣言をするなり、厳次郎は廊下を駆け出す。

「おい待て、厳次郎!!　何をする気だ！」

和狼はすぐに追ったが、角を曲がったところで厳次郎の姿は忽然《こつぜん》と消えていたのだった。


「――で、さっそくこれですか」

和狼は手にした半紙を見おろして、うなだれたい気分になった。そこには、へたくそな字で墨痕《ぼっこん》あざやかに「猪熊厳次郎推参《すいさん》！」と書かれている。

厳次郎を追って本陣屋敷を捜しはじめたものの、まずは葵に警告しておくのが先かと主殿へ向かったところ、総長の仕事場となっている小書院の前で葵と出くわしたのだ。

おまけに、障子が開け放たれた小書院の畳は、無残にもいちめん水びたしである。

「部屋の中に井戸水をぶちまけたみたいね。おかげでここ六日分の報告書が全滅」

ため息をついた葵の言葉に、和狼は思わず声を震わせた。

「あの山が……全部、ですか」

文机の上に山積みになった報告書は、墨がにじんで一枚残らず芥《ごみ》となっている。

「さいわい、わたしが手をつける前だったから問題ないわ。もういちど書きなおして提出してくれればだいじょうぶよ」

励ますつもりか、葵は軽い口調でそんなことを言ったが、六日分の報告書を作りなおす手間を考えて、和狼はその場に沈没したくなった。

「さいわいも何も、総長がさっさと処理してくだされば被害は軽微ですんだのでは？」

恨みがましく視線を向けると、葵はぎくりと肩をそびやかす。

「さすがは和狼ね。そこは気づかないと思ってたのに」

「気づかないわけがないでしょう！」

和狼は顔をけわしくしたものの、問題をすりかえるべきではないと思いなおして息を吐いた。

「それで、ほかに不審《ふしん》な出来事はありませんでしたか」

和狼が問うと、葵は指先を顎《あご》にあて、考えこむ。

「不審……というほどではないけど。あ、そういえば、こけしのことがあったかしら」

「こけし？」

和狼が顔を引きつらせると、葵は首をかしげた。

「こけし、知らない？　頭が丸くて寸胴で、木でできてる人形の」

「そんなことはわかってます！　なぜここにこけしが出てくるんです」

死ぬほど答えを知りたくないが、聞かねば話が進まない。

「ええと、最初は三日前の朝だったかしら。目が覚めるとね、枕元にこけしの人形が置いてあるの。ひとつだけ」

「それで？」

葵は記憶をたどるようにとつとつと話しはじめる。和狼は眉《まゆ》を寄せ、先をうながした。

「翌朝見てみたら、それがふたつに増えていて、昨日の朝になるとみっつ並んでわたしのことを見てたのよ。枕元から……笑顔で」

葵の声は淡々としている。和狼は目だたぬように唾《つば》をのみ、低く尋ねた。

「それで、けさは」

「何もなかったわ。で、そのかわりにこれが」

葵は肩をすくめると、水に濡れた畳をまたぐようにして奥の襖《ふすま》に近づき、からりとあける。

瞬間、和狼はうっと言葉に詰まった。

そこには、総勢五十に届こうかというこけしの群れが、いっせいにこちらに笑顔を向けていたのである。

「ね？　すごいでしょう。この子たち、着物の絵付けが全部ちがう柄なのよ！」

「おどろくところはそこではありません!!」

感動したようにこけしの群れに手を差しのべた葵に、和狼は拳を固めた。

「だって、すごい職人技じゃない。表情だってびみょうにちがうし」

葵は人形を取りあげると、おちょぼ口の笑顔を指でつつく。

大物なのか天然なのか、あまりに太平楽な反応に、和狼は額《ひたい》を押さえた。

「何をのん気なことを……。寝所にまで出没しているということは、いつでも寝首を掻《か》けるという意思表示です！　このこけしにも、どれほど陰惨な意味がこめられているか」

あの厳次郎のことである。敵と認識したなら、葵にどんな手を使うか知れたものではない。

そこまで考えた和狼は、一人、表情を引きしめた。


「不寝番《ふしんばん》なんて必要ないのに」

葵は奥殿《おくどの》の広縁側の座敷に腰を落ち着けた和狼を見て、眉をくもらせた。

「厳次郎の奴《やつ》めが本気になったら、何をしでかすかわかりません。首根っこを捕まえてふん縛るまで、私が責任を持ってお守りいたします」

答える和狼は、散華刀《さんげとう》を抱えて両腕を組み、一歩も動かぬ構えである。

時は夜。ふとり始めた月が庭の端から顔をのぞかせ、周囲はしんと静まっている。

こけしの一件で和狼は警戒を強めたらしく、行方をくらませたという厳次郎が捕まるまで、警護を買ってでたのである。

当の葵はといえば、寝巻きである白小袖の肩にもう一枚、牡丹《ぼたん》柄の小袖を羽織った姿で、床に入ることもできずに当惑していた。

「総長は私のことにはお構いなく、どうぞお憩《やす》みください」

などと和狼は言うが、襖一枚隔《へだ》てたところにこの男が控えているかと思うと、かえって気が休まらない。

葵にしても、剣は心得以上のものがあるし、殺気を持って近づく者があれば、寝入っていても目を覚まして撃退するくらいはできる。枕元のこけしの件は確かに不審だが、殺気がなかったことからみて、それほど危険はないと葵は見ていた。とはいえ。

（いちおう心配してくれてるのよね。……たぶん）

せっかく警護を申し出てくれている以上、無下《むげ》に断るのも大人げない気がする葵である。

「でも、和狼だって仕事が残っているでしょう」

「これも仕事のうちです。それに、厳次郎の不始末を処理するのは、私の責任ですから」

そっけない答えを返した和狼をしばし見つめて黙考すると、葵はやがて、ゆっくり畳の上に歩をすすめ、かがみこんだ。

「和狼、あなた、ゲンさんのことがかわいくてしかたないんじゃない？」

静かに問うと、いつの間にか近くでのぞきこんでいる葵を見て、和狼がぎょっとしたように目をみはる。

「何を馬鹿な!!」

それは葵の発言に対してか、あるいは、寝巻姿で寝所を出てきた葵に対する反応か。

声をあげた和狼を見て、葵は思わずくすりと笑みをこぼした。

「自分で気づいてなかったの？　あなた、ゲンさんが何かしでかすたび、自分の監督不行届きのせいだって、最後の一線でちゃんと庇《かば》ってるわよ」

葵の指摘に、和狼は多少自覚があったのか、ぐっと言葉に詰まった。

「きっと、どんなに口やかましく叱《しか》られても、最後の最後では見捨てたりしないってわかってるから、ゲンさんはあなたのことが好きなのね」

「ちがいます！　猪熊の家から預かっている手前、放り出すわけにいかなかっただけで」

かっとしたように声をあげた和狼だったが、葵の顔を見て、言いわけする気がうせたように言葉を飲みこむ。

しばらく気まずそうに黙りこんでいた和狼は、居ずまいを正すと、葵の顔をすっと見つめた。

「……厳次郎は幼いころ、私の父に無礼討ちにあいかけたことがあります」

「無礼討ち？」

「父が猪熊家の屋敷に下向し、猪熊家の当主が出迎えたさいのことです」

猪熊邸の庭は風雅なことで有名で、ことに芙蓉《ふよう》の花がみごとであった。

その日、屋敷を訪れた和狼公に、幼い厳次郎がふいにとことこと歩み寄ると、一輪の芙蓉を差し出したのだという。

『けさ咲いたばかりなの。お殿さまにさしあげます』

そう言って笑った厳次郎を、厳格《げんかく》さをもって名高い和狼公は容赦なく斬り捨てようとした。

平伏して詫びる猪熊家の当主や恐怖のあまり口がきけなくなっている厳次郎と、和狼公の間にとっさに割って入ったのが、元服前の和狼才蔵《さいぞう》だったのだ。

「その時いらい、厳次郎にはいささか懐《なつ》かれているというだけです。あのとおりの性格ですから、猪熊家からはほとんど放逐《ほうちく》されかけたようなのを、桜花衆の隊士として引きとることに」

長じた厳次郎は、和狼と同じ撃心流《げきしんりゅう》剣術の錬武館《れんぶかん》道場へ通うようになり、めきめきと頭角をあらわした。性格に難ありといえど、剣が達者であれば桜花衆では歓迎されるから、厳次郎はまたたくまに隊長格にまでのし上がってしまったらしい。

「しかし、考えてみると私も厳次郎を甘やかしていたのかもしれません。詰め腹を切らせるにせよ、桜花衆から追放するにせよ、私が責任を持って処断いたします」

膝《ひざ》に拳をおき、和狼はそう請け負う。その表情から覚悟のほどは見てとれたが、葵はあえて明るく言った。

「わたしは切腹させるつもりも、桜花衆から追い出すつもりもないわよ」

「ですが、このまま放置すれば示しがつきません」

「ええ。だからわたしがきちんと話をするわ」

葵が答えると、和狼はあからさまに不安そうな顔をした。

「総長がですか。失礼ですが、あの厳次郎の口車に乗せられずに処分を下すのは……」

「わたしでは荷が重い？」

「はっきり申し上げれば、そうです」

首をかしげた葵に、和狼はためらいなく首肯《しゅこう》する。

「まあ、確かにけさの湯殿の件ではゲンさんのことを咎《とが》めなかったわけだし、わたしにも甘いところがあったかもしれないわね」

「気づいておられたんですか。あれが厳次郎の嘘《うそ》だと」

「それはね、わたしだって女だもの」

意外そうな和狼に葵は苦笑する。

男まさりに剣をふるっていたと言っても、ついこのあいだまで飛龍家屋敷の奥殿に住んでいたのだ。女中同士の些細《ささい》ないさかいなど、とくに珍しいことではないし、笑顔で仲よくやっているように見えて、対抗心を燃やしているというのもよくある話だ。ただ、湯殿の件はあまりにばかばかしかったこともあって、つい様子を見ようと思ってしまっただけである。

「ゲンさん――いいえ、厳次郎に喧嘩を売られた以上、この落としまえはきっちりつけるわ」

オトシマエ、などという姫君らしからぬ単語に和狼が目をむくのを見て、葵はほほえんだ。

「厳次郎。ちょっとそこから下りてきてもらえる？」

瓦《かわら》ののった築地塀《ついじべい》を見あげ、葵は声をかけた。

咲き初めの鬼無桜《きなしざくら》がそびえ立つ本陣屋敷庭園内。そのすみの塀の上に、ウサギ柄の小袖をまとった猪熊厳次郎がちょこんと腰をおろしている。

空はあわく霞《かす》んだ晴天で、ゆるく流れる風に髪と小袖の裾《すそ》をなびかせ、足をぶらぶらさせるさまは、男とわかっていてもどこか美少女めいていて、どきりとするほどなまめかしい。

「やァだよ！　今この時季しかここの桜は拝めないんだから、邪魔しないでよね！」

庭にいる葵の姿に目をやると、厳次郎はつれなくつんとそっぽを向いた。どうやら、もはや態度を取りつくろうつもりはないらしい。稽古着姿の葵は息をついた。

いつものように早朝稽古に出てきたところで厳次郎の姿を見かけ、追ってきたのだ。

「わたしはあなたとちゃんと話がしたいだけよ。だから下りてきて」

「ボクには話すことなんかないね。そんなに話したければキミがここまで登ってくればァ？」

意地わるく言って、厳次郎はベェと舌を出す。しかたなく葵が背中を向けると、鼻で笑うような気配が降ってきた。――が、しかし。

「なッ……なんだよォ！」

次の瞬間、厳次郎がぎょっとしたように肩をそびやかす。

厳次郎に背中を向けた葵が、おもむろに近くの巨大な庭石に走り、石を蹴《け》って反動をつけるや、ひとっ飛びに塀の上へ駆け上がったからだ。

「登ってきたわよ。これでいい？」

塀の上に悠々と立った葵は、腰に手をあてて厳次郎を見おろした。当の厳次郎は、逃げ場をなくしたように身を縮め、頬をふくらませる。

「あら……ここからだと鬼無桜がいちだんときれいなのね」

厳次郎がながめていた桜の樹を見やって、葵は思わず感嘆の声をもらした。

下から見あげた時もみごとな枝ぶりだったが、塀の上からだと花が目線の高さに来るせいか、いちめん薄紅《うすべに》に咲きみだれる桜を間近にできる。

鬼無桜は葉よりも先に花が咲く品種だから、大ぶりの花玉が枝にほころぶと、花の薄雲が幾《いく》重《え》にも重なり、まるでたなびくように見えた。

「でしょ？　ここはボクが見つけたトクベツな場所なんだー」

得意げに答えた厳次郎だったが、葵と目があったとたん、状況を思い出したのか、気まずそうにぷいっと目をそらす。葵はその隣に腰をおろすと、静かな声で呼びかけた。

「……厳次郎」

「んもォ！　何さ、ボクのことはゲンさんでいいって言ったのに！」

緊張感に居たたまれなくなったように厳次郎が噛《か》みついた。どこか子供じみた反応に、葵はなんだかおかしくなる。

「あなたとお友達でいたい時はそう呼ばせてもらうわ。でも、わたしは今、総長としてあなたと話してるの」

真剣なまなざしを向けると、厳次郎は呑《の》まれたように黙りこむ。

「あなたがわたしを気に入らないのは、和狼があなたに構ってくれなくなったから？　それとも、わたしが飛龍の姫だから、かしら」

「キミが和狼さんをいじめる敵だから、だよ」

そっぽを向いたまま、ぼそりと厳次郎が言った。

「敵？」

葵がまたたくと、じれったそうに厳次郎は指を突きつける。

「キミは蒼龍《そうりゅう》公の手先でしょ⁉　和狼さんの父上と蒼龍公がケンカしてるせいで、和狼さんはいまだに桜花衆で副長なんかやってるって、ボクだって知ってるんだから！」

なじるような厳次郎の言葉に、葵は思わず絶句した。

和狼公と蒼龍公の不仲の原因は、十七年前の領地換えに端を発していると聞く。

和狼の実家である和狼家は、十七年前まで、この青東州《せいとうしゅう》を治めていた。

陽源《ヒノモト》の東西南北にある四つの州は、蒼龍・鳳《おおとり》・虎牙《こが》・和狼の四家が治めているが、四家は代々同じ領地に居つづけるわけではない。なぜといえば、筆頭将軍たる獅神公《しがみ》以外の四家は、親子二代にわたって同じ土地を治めることを許されていないからだ。

三代目の獅神公によって定められた法度《はっと》がそれである。

もしどこかの州で領主が亡くなれば、次にその土地の領主となるのは残り三家いずれかで、世継は父親とは別の州で領主につかなくてはならない。

この、一見奇妙に見える領地交代制は一代転封《いちだいてんぽう》と呼ばれ、ひとつの家が永続して同じ土地に留まることで力をつけすぎないよう、四家の勢力が片寄るのを防ぐ意味がある。

十七年前、玄北州《げんぼくしゅう》を治めていた先代の蒼龍公が没した時は、あらたな領主として和狼の父、和狼公元親《もとちか》が選ばれた。

「領地換えのあった十七年前といえば、海都に臥瑠名理阿《ガリューメリア》の軍艦が押しよせてきたころね」

葵は目を伏せて、一人そんなことを呟く。

北方に赴任すると言っても、五大公の領地換えは分家一党まで引き連れた大掛かりなものだ。和狼公が領地を移れば、青東州の政治の中枢にいる、直臣《じきしん》と呼ばれる分家筋もまた玄北州へと移動しなくてはならない。

臥瑠名理阿国《ガリューメリア》との開戦も間近かという逼迫《ひっぱく》した状況で、政治を担《にな》う顔ぶれが、ごっそり入れ替わるということがどれほどの痛手か、葵にも想像がつく。

じっさい、いくら一代転封の法があるとはいえ、二百五十年の歴史の中には二代続けて同じ土地を同じ家が治めた例もなくはない。

非常の時を理由に、転封をことわることもできたのだろうが、和狼公は戦をひかえた海都を引き払い、分家一党を連れて、さっさと玄北州へ移ってしまったのである。

かわりにこの青東州の領主となったのが、現在の蒼龍公吉康《よしやす》だ。

当時彼は、和狼公のもとで官位につき、海都で政《まつりごと》を学んでいた。和狼公が北へ去ったのち、わずか二十歳で蒼龍公の地位を継いだ彼は、隣国との開戦という危地に立たされたのである。

「十七年前なんてボク生まれたばっかりだし、何があったかなんて知らないけどさァ。和狼の上様は戦になりそうな海都を捨てて自分たちだけ逃げたんだーって、いまでもお城なんかじゃ言ってるヤツがいるんだって」

つまらなさそうに口もとをゆがめ、厳次郎は足をぶらぶらさせる。

「そりゃ、和狼の上様は言われる理由があるのかもしンないけど。でもそんなの、いまここにいる和狼さんには何のカンケーもないじゃない。和狼さんが何かしたわけでもないのに、父上がしたことのせいで出世もできないなんて、とばっちりもいいトコだよ！」

「厳次郎……あなた」

葵がおどろきに打たれて目をみはっていると、厳次郎はやけになったようにふうっと息を吐き、大胆に片ひざを割って頬杖《ほおづえ》をついた。

「だいたいさァ！　和狼さんていっっつもビンボーくじなんだよ！　子供のころだって、ボクが無礼討ちになりかけたのかばったせいで父上から睨《にら》まれちゃうし。元服して和狼の家を出なきゃならなくなった時も、よりによって海都なんかに来るはめになっちゃうしさ！」

「でもそれは、そういう法度があるからでしょう？」

獅神公以外の四家の子息は、成人したのち父と同郷に住まうことを許されず、他州において政を学ぶべし、と法度によって定められている。それもこれも、親子が二代続けて同じ土地を治められないという、一代転封の制度ゆえだ。

「そりゃそうだけどォ！　よりによっていちばん和狼公が恨まれてる海都に来るってどれだけビンボーくじなのさ！　ツイてないにもほどがあるでしょ。そりゃ、和狼さん三男だし、上の兄君たちが西と南の州に行っちゃったから、もう海都《ここ》しか残ってなかったんだけど！」

聞いてみると、残ったのが最も和狼公に風当たりの強い海都だったなら、確かに和狼はよくよく運がない。元服後まもなく桜花衆に入ったとすれば、和狼が家の名を背負ってこの海都で生きるのは、並々ならない苦労があったことだろう。

和狼の心中を思って、葵はいっとき目を伏せた。

蒼龍公の意向で桜花衆の総長となった葵には、山ほど言いたいことはあるだろうに、少なくとも今まで、冷遇されてきた不満を和狼がぶつけることはなかった。

昨夜も厳次郎の嫌がらせが発端とはいえ、葵の警護まで買って出てくれたのだ。

「そーゆうワケだから、せめてボクだけでも和狼さんの味方になってあげようと思って桜花衆に入ってあげたんだよ！　和狼さんマジメだし、キミのこと気に食わなくても、何だかんだ言ってつい面倒みちゃうような人なんだから。せめてボクが文句言ったり、ワガママ言ったりしてあげなきゃ、やってらんないじゃない!!」

手のひらでひざをべしべし打ちながら、憤慨《ふんがい》したように厳次郎は言った。

厳次郎がワガママ放題にふるまっているのも、文句を言えない和狼の代わりなのだろうか。

鬱憤《うっぷん》をぶちまけたあとで、痛そうにひざをさする厳次郎を見て、葵はふと目を細める。

もっとも、葵が見るかぎり、厳次郎のワガママ放題でいちばんわりを食っているのは、ほかならぬ和狼本人のような気がするのだが……。

「だから、あなたが和狼のかわりにわたしをいじめるというわけね」

葵が問うと、厳次郎は悪びれもせずに胸を張る。

「そーゆうこと！　キミが泣きベソかいて逃げ出すまで、ボクは手をゆるめないからね！」

「それは困るわ」

「困ったって知らないよォ。やめてほしければ力ずくで止めてみれば」

「力づくならやめてくれるの？」

葵がきょとんとして問うと、厳次郎はあきれたようなまなざしを向けた。

「おヒメさま、力づくって意味わかってる？　言っとくけど、ボクは強いよ」

挑発するような表情には、どこか剣呑《けんのん》なものが宿っている。

「望むところよ。一対一の果たし合いなら、いつでも受けて立つわ」

葵が不敵に答えると、厳次郎の瞳《ひとみ》が一瞬にして闘志をおびた。

厳次郎が和狼のためを思う気持ちにいつわりはないのだろうが、葵にも、この桜花衆でやるべき仕事がある。だから容易に退《ひ》くわけにはいかないのだ。

かくして、ここに仁義なき姫対決が勃発《ぼっぱっ》したのである。


俺は前世でよほどの悪業を積んだらしいな……。

和狼は天を仰ぎたい思いで桜花衆本陣の道場に佇《たたず》んでいた。

今日はまだ出動がかからなかったこともあり、道場には一番隊と三番隊の隊士たちが物見高く詰めかけている。

「ホントにいいのォ？　逃げ出すなら今のうちだよ」

白い道着に身を包み、ふわふわした巻き毛をきっちり頭の後ろでくくった厳次郎が問う。

「受けて立つと言ったのはわたしよ。剣士に二言はないわ」

厳次郎の前に立つのは、藍色の稽古着を身につけた総長、葵だ。

「ボクは女のコ相手でも手かげんしないよ。こわかったら『参った』って言うこと。和狼さんの愛をかけて勝負だからね！」

「そんなもの賭《か》けるな‼」

和狼は竹刀《しない》を床に打ちつけてどなった。

「えー、勝ったほうが和狼さんに身もココロも愛されるってゆうほうが盛り上がるのにィ！」

厳次郎が不満そうに唇《くちびる》をとがらせる。

「盛り上がらんでいい‼　気色の悪いことを言うな！」

鳥肌をこらえつつ和狼が言うと、さえぎるように葵が手をあげる。その表情は真剣だ。

「待って。その条件でかまわないわ」

「総長⁉」

「ただし、もしわたしが勝ったら、今後一切いたずらやいやがらせはしないこと。桜花衆総長として、わたしの言うことにもきちんと従ってもらうわ」

「いいよー。なんだって聞いたげる。ボクに勝てるんならねェ」

仁王立ちになった厳次郎は自信たっぷりだ。

「よかった。では始めましょう」

葵が静かに言って、和狼に向かってうなずく。どうやら、もはや何を言っても無駄らしい。

説得をあきらめた和狼は息をひとつ吐いて雑念を払うと、審判の位置についた。

「撃心流《げきしんりゅう》、猪熊厳次郎。参る！」

「蓮華八刀流《れんげはっとうりゅう》、飛龍葵」

双方流派を名のりあい、礼ののち、剣をかまえる。両者の間に立った和狼は開始を告げた。

「先に一本取った者を勝ちとする。——はじめ!!」

直後、厳次郎の気合いが声となって道場の壁を圧した。

見物している隊士たちの何人かが、思わず顔《たけだけ》をしかめておののくほどの音量だ。

厳次郎の剣は、その外見とは裏腹に激しく猛々しい。撃心流の剣術そのものも、一度の稽古で三度地獄を見る、とたとえられるほどすさまじいものだ。その剣の遣《つか》い手《て》である厳次郎の裂《れっ》帛《ぱく》の気合いを浴びれば、並の剣士ならまず腰が砕けてしまう。

遠間から一気に距離を詰めた厳次郎が、くりかえし葵を打ち据えた。

その攻撃を木刀で受ける葵は後方に退《さ》がってかわそうとするが、厳次郎はわずかな隙《すき》も見のがさず、容赦ない突きを放ち、足を払って転ばせようとする。

「押されてるんじゃないのか、総長」

「そりゃあそうだろう。なんたって相手はあのゲンさんだぜ?」

「いくらそこそこ剣がつかえるって言っても女じゃやなぁ」

「しかし、蓮華八刀流ってどこの流派だ?」

「さあ? 聞いたことないな」

囁《ささや》きかわす隊士たちの低声も、厳次郎の放つかけ声にかき消されがちだ。

(押されている……? あれがか)

しかし、和狼の目に、葵はひどく落ち着いているように見えた。まともに喰らえば昏倒《こんとう》するような木刀の打撃をくりかえし浴びているというのに、葵の歩みは全く崩れることがない。

それは、打撃のすべてを受け流しつつ、さばいているからだ。

その証拠に、仕合がすすむにつれ、葵ではなく、しだいに厳次郎の息があがり始めていた。

ついには渾身《こんしん》の突きを紙一重でかわされ、即座に放たれた葵の剣をきわどいところでよけた厳次郎は、飛びのくようにして距離をとる。

もはや、隊士たちも固唾《かたず》をのんで見守るばかりで、誰一人軽口をきく者はいなかった。

それまで、落ち着いて厳次郎の攻撃をかわしていた葵もさすがに疲れが出たのだろうか。体をひねるように正眼《せいがん》の構えを崩し、左肩をさらすように剣を脇へと下ろす。

それを見た厳次郎もまた、やる気を失ったように横を向いた。

気迫にみちていた空気が一瞬ゆるんだかに見えた、その時。

「やぁっ!!」

片手で木刀を構えた厳次郎が、跳躍《ちょうやく》とともに一気に距離を詰め、大きく剣を振りおろす。

（まずい……！）

和狼は一瞬、審判の立場を忘れ、青ざめた。

厳次郎の放った剣は、円のような弧を描き打ちおろされる大技で、いわば抜刀した状態で放つ居合のようなものだった。

そんなものをまともに受ければ、たとえ木刀であっても頭蓋《ずがい》を割るほどの威力がある。

今度こそよけきれないかに思えた葵の体が、ふいに低く沈んだ。

次の瞬間、カッ！　という打撃音とともに厳次郎の手から木刀が飛び、踏み込んだ葵の木刀の切先が厳次郎の喉《のど》をとらえていた。

身を沈め、折敷《おりしき》の姿勢をとった葵が、厳次郎の振りおろした剣を鎬《しのぎ》でこするように切り落とし、巻き上げたのだ。

「あ……」

喉元に木刀を突きつけられた厳次郎は武器を奪われ、目を見ひらいたまま身動きひとつできない。その顔をひたと見据える葵の眼は、山猫のように琥珀《こはく》色の光をおびている。

ふだんの姫君めいた姿からは想像もつかないほどの殺気は、その場にいる隊士たちをも圧倒し、誰もが身動きできずに息を詰めていた。

「勝負ありだ。そこまで！」

和狼が宣言すると、葵は静かに剣を引き、姿勢を正す。

いっぽう、厳次郎は飛ばされた木刀を拾いに行くこともせず、その場に立ちつくしている。

葵は向きなおると、静かに言った。

「わたしの勝ちね」

それを聞いたとたん、厳次郎の目に大つぶの涙が盛りあがり、顔の輪郭《りんかく》が崩れはじめる。

「う……うう……もう一回!!」

足を踏み鳴らして往生際わるく再戦を挑んだ厳次郎に、葵がにっこりと笑顔を返した。

「見苦しいわよ？　厳次郎」

「うっ」

うわあああん！　という大音量の泣き声が、厳次郎の地団駄《じたんだ》とともに道場にとどろく。

「だだっ子かおまえは!!　潔く負けを認めろ！」

和狼がどなれば、さらに火をつけてしまったらしく、泣き声が大きくなった。

「ちがうもん！　今のはちょっとまちがえただけだもん!!」

「まちがえるも何も、思いっきり負けてただろうが!!」

「ちがうもん。白ずきんが相手ならともかく、このボクが女のコに負けるわけないんだから！」

べそべそ泣きながら厳次郎はしゃくりあげる。

「白ずきん？」

厳次郎の言葉を聞きとがめて葵が問うと、仕合を見物していた三番隊隊長の拾兵衛が答えた。

「ああ、ここんとこオレたちの仕事中に助けに入ってくる、どっかの剣客のことっスよ。すんげぇ強くてめちゃカッコいいって話なんスけどねー。オレはまだちゃんと会ったことなくて。白い頭巾で顔かくしてるんで、そう呼ばれてるんス」

適当にもほどがある拾兵衛の説明を聞いて、葵の顔が心なしかこわばる。

「もう少しまともな話しかたはできんのか、おまえは」

「え。コレってまともじゃないんスか？」

心外そうな顔をした拾兵衛に、和狼はしみじみとため息をついた。

「どいつもこいつも……」

桜花衆にまともな人材など、いるわけがないのである。

やがて、隊士たちは興奮ぎみに今の仕合について熱く語りはじめ、厳次郎はますます火がついたように泣きわめく。この惨状を鎮《しず》めるには道場に大砲でも撃ちこむしかないと、和狼がなかば本気で考えていると、血相を変えた五番隊の隊士が道場に駆け込んできた。

「何があった」

和狼が尋ねると、息せききった隊士がみじかく報告する。

「それが――」

隊士の報告を聞いた和狼は顔を引き締めた。一緒に報告を受けていた葵は、和狼が何か言うより先に道場を横切り、床に転がっていた厳次郎に近づく。

「厳次郎、起きなさい。仕事よ」

葵の澄んだ声は、さわがしい道場でもよく通った。

ぐじゃぐじゃに泣き顔をゆがめていた厳次郎がぱちりとまばたくのを見ると、葵は首をめぐらし、道場に詰めかけていた隊士たちを振り返る。

——と思うと、

「静まれ!!」

腹に響くような声が道場を震わせた。ぎょっとしたように隊士たちが口をつぐんだのは、その声が他ならぬ姫頭領から発せられたものだったからだ。

神棚を背にして立った葵は、さきほどの仕合で垣間見せたのと同じ、りりしい顔つきで隊士たちを見渡している。

「いま、五番隊より報告があった。王林寺《おうりんじ》境内《けいだい》に外来種の大量発生。これより総懸《そうがかり》で駆除にあたる。ただちに支度せよ！」

呑まれたように静まりかえっていた隊士たちは、一拍の間ののち、「応！」の声もあわただしく、先を争うように道場を飛び出していった。

「和狼。わたしも出るわ。いいわね？」

手の甲で涙をぬぐい、もたもたと道場を後にする厳次郎を見届けて、葵は問う。

「お伴します」

和狼は粛然《しゅくぜん》と頭を垂れた。

四　散華姫、光臨

総長、副長は馬を使い、以下の者は徒《かち》で王林寺《おうりんじ》へと急行した。

桜花衆《おうかしゅう》総長、初の出役である。

葵《あおい》のいでたちは深緋《ふかひ》の馬乗袴《うまのりばかま》に桜色の羽織《はおり》姿。桜の大紋が染め抜かれた羽織はひときわ人目をひく。この羽織は洒落者《しゃれもの》として名高い桜花衆の初代総長が考案したものというが、初代総長以外、これが似合った者は皆無だと聞く。

しかし、ほっそりとした体つきに栗色《くりいろ》の髪を結った葵の潑剌《はつらつ》とした姿には、あたりまえのようにしっくりと馴染んだ。

対して、副長和狼《かずろ》のそれは、影のように黒い。

火事装束《しょうぞく》にも似た羽織は黒く、桜花衆の白い桜紋だけが目にあざやかだ。野袴《のばかま》の下の足ごしらえは脚絆《きゃはん》を巻いてしっかりしており、現場に着けば花粉を防ぐため、鼻と口を黒覆面《ふくめん》で覆うことになる。

出役のさいの隊長格の服装も和狼にならうが、平隊士たちはもう少し身軽で、尻端折《しりばしょり》をした紺《こん》の半纏《はんてん》に黒のぴったりとした股引《ズボン》、両手両足に鉄籠手《てっこて》、脛当《すねあて》という姿である。

二十名近い隊士、隊長格が勢揃《せいぞろ》いした光景はまるで盗賊のようだが、隊士たちの黒備《くろぞな》えには理由があった。外来種《がいらいしゅ》の黄味がかった花粉の色を判別するには、濃い色の装束のほうが何かと好都合なのである。

ついでにいえば、隊士たちは拾兵衛《じゅうべえ》のように髪をばっさり断髪にしている者が多い。これは、体についた花粉を周囲にひろげぬよう、しょっちゅう洗浄をおこなう必要があるためだ。

隊士たちは、十代後半から二十代が多く、隊長格でさえ三十代は数名しかいない。平均年齢が低く、桜花衆が妻帯していない独身者のみで構成されているのは、外来種の花粉に対する抵抗力と、後顧《こうこ》の憂いなく戦わせるための方策だろうと和狼は考えていた。

その、桜花衆の頂《いただき》に現在立っているのは、わずか十七歳の姫君である。

（はたして……）

一番隊隊長、厳次郎《げんじろう》をもしのぐ剣を見せた葵が、実戦でどれほど力を発揮できるものなのか。

「こりゃひでぇ」

王林寺の境内《けいだい》に着くと、たちこめる花粉の瘴気《しょうき》に拾兵衛が腕で顔を覆った。

発生したのは鬼茨《おにいばら》と呼ばれる外来種の一種で、寺の裏手にひろがる雑木林には、神話の大蛇《だいじゃ》を思わせる太く不気味な蔓《つる》がうねり、生木に巻きつくように締め上げている。

鬼茨は外来種の中でも一般的なものだが、巨大で繁殖力《はんしょくりょく》が強く、駆除に手間がかかるしろものだ。というのも、丸太のように太い蔓から突き出た棘《とげ》は、脇差《わきざし》や小太刀《こだち》ほどの長さがあり、花はそのするどい棘に守られるようにして咲いているためである。

「ここの境内は鬼無桜《きなしざくら》が根づかなかったんだそうで、外来種の温床になったんでしょう」

そう説明するのは五番隊隊長の豹堂《ひょうどう》である。見回りの途中で駆除にあたったためか、身につけているのは黒装束ではなく、小袖袴《こそでばかま》に銀色《しろがねいろ》の羽織という平服だ。

「近隣住民は」

「火消衆《ひけししゅう》の誘導で、この先の天現寺《てんげんじ》に避難が完了しています。ここの大量発生も、火消衆の巡回で見つかって、われわれのところへ通報があったんです」

和狼の質問に豹堂は答える。

海都《かいと》の東北部を管轄する桜花衆だが、広範にわたる地区すべてに目を光らせるのは限界がある。その限界を補うべく、寺社地や川原などの緑地帯に異変があれば伝えるようにと、総長から火消衆のほうに通達があったというのだ。

「役所同士の縄張りの問題なんかもありますから、本陣に招いて、あくまでも火消衆の任意による協力ってことにしてほしいと、総長から頼まれたんだそうですよ」

「……あの時か！」

和狼は歯噛《はが》みした。就任直後、葵が火消衆を呼んで大騒ぎをやらかしたのは、そういう裏があったのだろう。

思わず焦げつくような視線を向ければ、当の葵はたちこめる瘴気をものともせずに素顔をさらし、何名かの隊士から報告を受けている。

「和狼、豹堂！」

名を呼ばれ、二人が近づくと、葵のそばにはすでに拾兵衛と厳次郎の姿もあった。事態の急を悟ってか、さきほど仕合をした厳次郎も、さすがに遺恨を忘れたようにおとなしくしている。

葵は四人の前に手描きの図面をひろげて見せた。

「外来種の根は境内の三カ所で見つかった。花が密集しているのはその三点の中心」

きびきびとした男ことばで葵は図面の中央を示す。

「一番、三番、五番隊は根の処理を。和狼は隊士数名と蔓を断て」

「しかし、それでは花の処理が追いつきません」

外来種の駆除は、ただ花を散らせばすむというものではない。

根を断ち蔓を断ち、同時に次々とひらいてゆく大輪の花を散らさなければ、すぐに断ったそばから新しい蔓が伸びてしまうのだ。

「花の処理はわたしが引き受ける。配置についたら一斉《いっせい》にかかれ」

「しかし……！」

簡単に言うが、花の処理は花粉をまともに浴びる、最も危険な仕事なのだ。開ききった花の瘴気で雑木林の中はむせ返りそうだというのに、一人で花の処理にあたるなど、無謀としか言いようがない。

「反論は認めない。いまは時が惜しい。かかれ！」

葵の号令に、三人の隊長が隊士とともに雑木林に散ってゆく。

和狼は舌打ちをこらえ、隊士数名とともに蔓の処理にとりかかった。

葵の姿はまたたく間に花粉の立ちこめる場所へと消えている。

「根につながる主茎《しゆけい》を探せ！」

こうなったら、一刻も早く葵の加勢に向かうしかない。

のたうちながら、するどい棘を突き出す蔓を次々に散華刀《さんげとう》で両断し、生木にからみつく茎には斧《おの》を打たせ、一気に断ち切る。

花粉よけの黒覆面をつけての戦いは消耗も桁《けた》ちがいで、隊士たちの息も次々にあがってゆく。

「動きが弱まりました！」

根の処理が効いているのだろう。蛇《へび》のようにうごめいていた蔓の動きが鈍くなるのを見計らい、和狼はひときわ太い主茎に散華刀を突きこんだ。

「これで終わりだ。総長のところへ急げ！」

抜き取った刀を振って、血のような色をした樹液を払うと、すぐさま花の密集する蔓の先へと身を翻《ひるがえ》す。

雑木林の下生えを踏みこえ、最初に目についた紅《くれない》の花を叩き落した和狼は、ふいに、目の前が赤く染まったような錯覚をおぼえて足をとめた。

炎のように噴き上がる無数の花びらに、めまいにも似た記憶の波が押し寄せる。

その光景は、一年前の夜、海都台場《だいば》で見たのとそっくり同じものだった。

旋風とともに紅の花が舞いあがり、花びらの乱舞が嵐となって周囲に降りそそぐ。

嵐を起こしているのは雑木林に吹く風ではない。蔓から蔓へ、跳ぶように移っては襲いかかる棘を払い、一刀のもとに花を散らす、たった一人の少女が起こしているのだ。

一瞬の迷い、ひと呼吸の無駄もなくくり出される剣は、舞にも似た優雅さなのに、またたく間に花という花を切り落とし、幾重《いくえ》にも花びらを噴き上げている。

加勢するのが惜しいと思うほどの鮮やかな剣に、和狼はつかの間、呆然と立ちつくした。

見れば、同じように駆けつけたらしい厳次郎や豹堂たちも、手を出すのを忘れたように目をみはっている。

（あれは……まぼろしではなかったのか）

一年前、和狼の目の前にほんの一瞬姿を現し、鮮烈な敗北感だけを焼きつけて消えた少女がいま、目の前にいる。

胸にこだまする息苦しいほどの衝撃が、悔しさによるものなのか、あるいは歓喜によるものなのか、和狼自身にも判別することはできなかった。

「ウソつき！」

びしっと指を突きつけられ、葵はきょとんとまたたいた。

なんとか境内の外来種の駆除を終え、花粉が落ち着くのを待つために寺の本堂へ移動して、全員が覆面を外した時のことだった。

刀を納めた葵が一息ついていると、厳次郎がけわしい顔で歩み寄ってきたのである。

「なんのこと？」

「しらばっくれてもムダなんだからね！　なんだい、すました顔しちゃってさ！　ボクにまで正体かくしてたなんてずるいよ‼」

「正体って……」

葵がけげんな顔をしていると、厳次郎は涙目になって唇《くちびる》を震わせる。

「キミが白ずきんだったってことだよ‼　みんなの目はごまかせても、ボクの目はごまかせないよ。なんでもっと早く教えてくれなかったんだよォ‼」

厳次郎は葵につかみかからんばかりに拳《こぶし》を震わせる。

「いいかげんにしろおまえは！」

その衿首《えりくび》をつかんで引き戻したのは、やはりというか何というか、副長の和狼であった。

しかし、この時ばかりは厳次郎の味方だったようで、和狼は厳しい顔で葵に向きなおる。

「私も事情をお尋《たず》ねしたいですね。あなたが白頭巾なる剣客だったとは。いったい、どういうおつもりなのですか」

「どういうつもりも何も、わたしも白頭巾なんて名前、さっき聞いたばかりだし……」

二人の剣幕に、葵は思わず両手で押しとどめた。見れば、和狼や厳次郎ばかりか、拾兵衛や豹堂、ほかの隊士たちまで食い入るばかりにこちらを見つめている。

「でも、顔をかくしてみんなのお仕事を手伝ってたことなら、犯人はわたしだと思う……わ」

葵がぎこちなく明かすと、その場に衝撃が走った。

「なぜそのようなことをなさったのです」

和狼の問う声が低い。おそらくよほど頭にきているのだろう。怒りが伝わってくるにつれ、葵はしゅんとしてうなだれた。

「一年前に海都台場で外来種の大量発生があったでしょう？　あの時いらい、発生状況が気になって。時々おしのびで町を歩いてるうちに、何度か桜花衆の出動を見かけることがあったものだから……つい、手を」

「出したわけですか」

葵はこくんとうなずいた。

少ない手勢で駆除に追われる姿を目にしていたら、黙って見すごすことができなかったのだ。けれども素人が仕事に割って入ったことに変わりなく、妨害だと言われてもしかたない。

「困りますね。そういうことは先に明かしておくか、最後まで秘めていてくださらないと」

和狼は深刻そうにこめかみを指で押さえる。

「そうね。ほんとにごめんなさ……」

頭を下げた葵だったが、謝罪の言葉も終わらぬうちに、怒号とも歓声ともつかない声がわきあがり、ぎょっとして顔をあげる。

「うぉぉ！　すげぇ！　白頭巾マジ実在した‼　芝居みてぇ！」

「だからいるって言ったでしょ！　ボクが見た時は白昼夢とか言ったくせにィ‼」

「ゲンさんがいつもホラばっかり吹くからですよ！」

などという声がとぎれとぎれに聞こえてくるが、すべて重なると大変な騒ぎであった。

葵がぽかんとしていると、和狼が疲れたようにため息をつく。

「この馬鹿《ばか》どもがこういう反応をするので、正体を明かすなら場所をわきまえていただきたかったんですがね……」

しかしすべては後の祭り。騒ぎが収まるには、かなりの時間を要したのである。


「何というか、すさまじい御方ですねぇ……」

撤収作業が一段落すると、豹堂がしみじみ呟《つぶや》いた。

和狼は無言で周囲に散った花びらを見下ろしていた。衝撃は、まだ去ったわけではない。散華姫《ちるはなひめ》の二《ふた》ツ名《な》に恥じない働きぶりを目《ま》の当たりにした直後、白頭巾なる謎の剣客が葵だったことまで明かされたものだから、隊士たちの反応はお祭り騒ぎのようなもので、和狼に追い立てられてようやく撤収作業に取りかかったのだった。

あこがれの白頭巾の正体を知った厳次郎などは、さきほど果し合いをしたことも忘れて葵につきまとっている。現にいまも、きらきらした目で仔犬のようにくっついて歩いては「あの……厳次郎、ちょっと歩きにくいから離れてくれる？」とやんわり拒絶されるしまつだ。

「和狼。わたしは一足先に本陣に戻るわ。あとの処理はよろしくね」

姫頭領は足早に和狼に近づき、そう告げた。

「承知しました」

「あ、じゃあボクもお供《とも》する！」

はいはい、と元気よく手をあげた厳次郎に苦笑すると、葵は振り返った。

「厳次郎の一番隊はここで和狼を手伝って。豹堂の五番隊はわたしと戻って、鑑定方《かんていがた》に標本の分析を」

「かしこまりました」

豹堂は笑顔でうなずく。葵が寺の本堂のほうへ去っていくと、豹堂は和狼に言った。

「このぶんなら、意外に早く隊士たちもまとまりそうじゃないですか？」

「だといいがな」

最大の問題児だった厳次郎がおとなしくなった以上、和狼としてもそれは認めないわけにいかない。それでも胸の中にわだかまるもやもやとした苛立《いらだ》ちは何なのかと考えていると、ふいに視線を感じて和狼は顔をあげた。

見れば、外来種の残骸《ざんがい》が落ちる雑木林のむこうに、ぽつりと人影がある。

逆光で顔はよくわからないが、墨染《すみぞめ》の直綴《じきとつ》をまとい、網代笠《あじろがさ》をまぶかに被って錫杖《しゃくじょう》を手にした姿は、旅の僧に見える。

寺の者かと思いつつ、やけに気になる視線だと足をとめていると、葵の後を追って歩きかけた豹堂がけげんそうに聞いた。

「どうかしましたか？　副長」

「いや。今……」

口をひらき、豹堂に視線を戻した和狼は、再び雑木林のむこうに目をやって息をのむ。

さきほどまであった僧の姿は、忽然《こつぜん》と消えていた。

※

桜も盛りの天野山《あまのやま》は、行きかう人ですれちがうのも難儀するほど賑《にぎ》わっていた。

別名を桜ヶ丘とも呼ばれるこの場所は、古くから桜の名所として知られていたが、現蒼龍公吉康《よしやす》がこの地にあらたに鬼無桜千本を植樹したことから、花の時期には山全体が白くかすむほどの美しさである。

「たしかこの辺りだって聞いたんだけど……」

葵は人の波にぶつからぬように歩きながら、小さな紙きれを手に周囲を見回していた。

周囲には、着流し姿の遊び人やら、職人らしき半纏姿の一団、大店《おおだな》の主《あるじ》ふうの立派な羽織をまとった老人に、目にもあざやかな花見小袖を身につけた町娘たち、はてはお伴《とも》を引きつれた振袖《ふりそで》姿の令嬢や、二本差しの侍づれまでがいて、それぞれ楽しそうに笑いかわし、満開の鬼無桜を見上げたり指さしたりしている。

そんな花見の雑踏の中では、目あての茶屋などそうそう見つかるものではない。

「こんなことならゲンさんに連れてきてもらうんだったかしら」

などと呟いた葵は、なじみのある気配が近づくのを悟って顔をあげた。

「厳次郎がどうかしましたか」

ふきげんそうに問う声の主を見れば、そこにはこんな晴れやかな桜の下だというのに、あいかわらず武骨な鉄紺色《てつこんいろ》の羽織に漆黒《しっこく》の小袖袴を身につけた男がむすりと立っている。

整いすぎたその顔は、雑踏にまぎれるどころかいっそう際だって、花見小袖の娘や武家ふうの令嬢までもが見惚《みほ》れたようなまなざしを向ける。しかし当の本人は、全く気にかける様子もなく、眉間《みけん》に縦じわを刻んでいるのが台無しだった。

「ええと……どうして和狼がここにいるのかしら」

葵が首をかしげると、和狼は面白くもなさそうに言った。

「それをお聞きしたいのは私のほうです。伴《とも》の一人もつけずにこんなところで何をしておいでですか」

口調こそ静かだが、じきに爆発する予兆にこめかみがひくついている。

ここで対応をまちがえると一気に説教が始まることは、葵もこの十日近くで多少は学んでいた。とはいえ、読んでいるつもりで空気を読めていないのが葵であるので、学んでいても、和狼の逆鱗《げきりん》に触れずにすむことはまれであったが。

「その、今日は夕刻まで時間もできたし、このあたりに出てるっていう白虎屋《びゃっこや》の茶屋に行ってみようかと思って」

葵の楽しみは、甘味を探訪することである。

飛龍《ひりゅう》家の屋敷にいたころは、御用達《ごようたし》の菓子屋から季節の上生菓子を届けてもらっていたが、貴族の身では味わえない、海都《かいと》の町なかの飾らない菓子も葵の好みだ。団子に饅頭《まんじゅう》、ところ天、汁粉《しるこ》に冷水ふかし芋《いも》といった庶民の甘味も素朴で味わい深いものがあるし、その店、その時期しか出会えない手作りの菓子は、やはり実際に行ってみなければわからない。

そんな葵にとってもっぱら、おしのびの目的は市井《しせい》の観察と甘味めぐりが半々なのだった。

「茶屋ですか……」

和狼の声が低くなる。これはまずいと葵は早口でまくしたてた。

「それがね、あの名店白虎屋がなんと！　この季節限定で桜づくしのお菓子を販売してるらしいのよ。きんとんやらういろうやら、練り切りに型抜きなんかもぜんぶ桜づくしで取りそろえていて、好きなお菓子を選んで食べられるっていう趣向らしいの！」

葵が『白虎屋春の桜づくし』と書かれた引札《チラシ》を手に説明すると、みるみる和狼の眉間にしわが寄る。これは雷が落ちるかも、と葵が身がまえていると、和狼はくるりと背中を向けた。

「どうぞ。ご案内いたします」

「え？」

葵があっけにとられると、和狼が振り向いた。

「白虎屋の茶屋なら、この先にありますから」

雑踏を抜けると、なるほど、桜の木立がひらけた場所に、葭簀《よしず》張りの茶屋が建てられ、高々と掲げられた幟《のぼり》には『白虎屋　桜づくし』と大書《たいしょ》されているのが見えた。

青々とした芝の上に並んだ腰掛のひとつが空くのを見つけ、葵は傍《かたわ》らの副長を見あげる。

「和狼も食べていく？」

「ご一緒させていただきます」

てっきりことわられるかと思ったが、和狼はあっさりと散華刀を横に置くと、緋毛氈《ひもうせん》の敷かれた腰掛に落ち着いた。

注文を取りに来た娘に品書きから五つばかり菓子を頼めば、和狼もはりあうようにして同じ数だけ注文する。

（……怒ってる、わけじゃないのよね）

なんとなく探る視線を向けてみるものの、不動の姿勢で黙りこんでいる姿からは何を考えているのやら想像もつかない。

先日の厳次郎との果たしあいと、王林寺での外来種駆除からこっち、隊長格や隊士たちの態度もだいぶ変わり、それなりに受け入れられつつあると思うのだが、副長の和狼のほうは相変わらずよそよそしいままだ。

それでいて、ことあるごとに仕事ぶりやら生活態度やらをがみがみと注意されるので、葵はもう、和狼のことが副長というよりお目付け役としか思えなくなっている。

「お待たせをいたしました」

さてどうしたものかと思っていた葵だったが、運ばれてきた色あざやかな菓子を見たとたん、そんなもの思いも吹き飛んで、思わず歓声をあげた。

「すごいわ。こんなに種類があるのね」

ふわふわと羽毛をまとったようなかたちの桜色のきんとんもあれば、つるりとした短冊型の練り切りで餡《あん》をくるんだものもあり、菓子盆の上にはさまざまな桜が置かれている。

「こちらのきんとんが桜吹雪、練り切りで餡をくるんだものが花いかだでございます」

「こっちのは？」

葵は薄紅色の羽衣を折りたたんだようなかたちの菓子を示した。

「花衣でございますね。薄いういろうの生地で餡を包んだものです」

いずれも雅《みやび》な名前がつけられているばかりか、桜の練り切りなどは五弁の花びらが愛らしく、真ん中に黄色い花芯がきんとんで飾られていて食べるのが惜しいほどだ。ほかにも、桜の花をかたどった型抜きの菓子や、求肥皮《ぎゅうひがわ》で餡を丸くくるんだおぼろ桜なんてものもある。

「花の盛りもあとわずかでございます。どうぞごゆっくり、ゆく春をお楽しみくださいませ」

いかつい顔をした店主はにこやかに言って、店の中へさがってゆく。

「感じのいいご店主ねえ」

葵が後ろ姿を見送りながら呟くと、茶汲《ちゃく》み娘がふしぎそうな顔で言った。

「前はあんなじゃなかったんですけどね」

「あんなじゃないって？」

娘からお茶を受け取り、葵は聞く。

「いっつもしかめっ面して、なにかっちゃ『うちは由緒正しい上菓子屋なんだから、味のわかる貴族やお役人だけ相手にしてりゃいい！』なんて言ってた頑固者《がんこもの》だったんですよ。笑った顔なんて年に一度拝めりゃいいくらいだったってのに」

「急に商売人としての何かに目ざめられたのかしら」

「さあ、どうなんでしょうね。こないだの外来種騒ぎから人が変わったみたいになっちまって、この店だって、町のみなさんにうちの味を知ってもらおうってんで始めたくらいなんですから」

「でも、そのおかげでこうして気軽に白虎屋さんのお菓子を味わえるんだから、お客にとってはうれしいわ」

葵が言うと、赤い前垂れをつけた娘は肩をすくめた。

「ま、あたしも怒鳴られずにすんでるんで、ありがたいですけどね」

客に呼ばれ、娘が離れていくと、葵は手にした茶碗に視線を落とし、顔をほころばせた。

茶碗の中に、桜の花が一輪浮いていたのだ。

「桜茶ね。ほんと、何から何まで桜づくしでめでたいこと」

ふわりとそよぐ風が薄紅の花びらを幾重《いくえ》にも舞わせ、やわらかな霞《かすみ》をつくる。

芝の上には小袖や羽織を幕がわりにして花筵《はなむしろ》を敷き、花見の宴《うたげ》をひらく者もいれば、毛氈の上で徳利《とっくり》や重箱の詰まった提重《さげじゅう》をあけ、花見弁当をつつく者とさまざまだ。

どこからか小唄が聞こえてきたかと思えば、幔幕《まんまく》のむこうでは扇をひとさし舞を舞う姿もちらちら見える。

春風駘蕩《しゅんぷうたいとう》。まことにのどかな花見の景色であった。

葵は食べるのがもったいないような気持ちで菓子盆をわくわくとのぞきこむと、並んだ菓子の中から花いかだを取りわけた。平らな短冊形の練り切りには、川の流れを模した千筋が入れられており、表面に桜の花びらがひとひら載っているのが涼しげだ。

切り取って口にはこべば、しっとりなめらかな甘みが絹のように舌の上でとろけてゆく。頬《ほお》を染めて心ゆくまで味わっていた葵は、自分には連れがいたことをはたと思い出した。

「あ、和狼。甘いものが苦手なら無理しなくて――」

やけに静かな隣の男に視線を向けた葵は、みなまで言い終えず口をつぐむ。

「なんですか」

むっつりと黙りこんでいた副長は、黒文字でざっくりと桜の練り切りを断ち割り、口にはこんでいるところだった。

見れば、菓子盆にあったはずの菓子が、早くも二つばかり消えている。

「いえ、なんでもないの」

葵はごまかし、桜茶をすすった。

(ひょっとして、甘いもの好き……?)

思えばこの男とは、鑑定方見島《みしま》の診察室で羊羹《ようかん》の奪いあいになりかけたこともある。

よくよく見ると、もくもくと菓子を頬張っているように見えて、その横顔はどことなくしあわせそうだ。

「和狼はこしあんとつぶあん、どっちが好き？」

などと、ためしに探りを入れてみれば、「私は断然こしあんです」と即答する。

「あらそう、奇遇ね。わたしもよ」

葵がほほえんでいると、和狼が哲学的な表情でぽつりと言った。

「白虎屋といえば、やはり羊羹に勝るものはないかと」

むろん、この練り切りもうまいですが、と桜の残りを口に入れる。

「まさか、和狼もここに来る予定だったの？」

葵が白虎屋の桜づくしを聞いたのは厳次郎からだ。和狼が知っていてもふしぎはない。そう思って尋ねると、和狼は気まずそうに茶を口にした。

「いけませんか」

どうやら図星だったらしい。葵が笑いをこらえていると、和狼はますますふきげんそうな顔でじろりと葵をにらみ、横を向く。

「別にこわい顔することないじゃない。こんなにおいしいんだもの。食べに来たってちっともふしぎじゃないわ」

葵はういろう皮の花衣を取り分け、ぱくりと口に入れた。もっちりしたういろうの舌ざわりとほのかな甘みを目を閉じて味わっていると、和狼が茶碗を手にしたまま、低く切りだした。

「気になりますね、さっきの話」

「何？　羊羹のこと？」

　葵がまたたくと、和狼は息をつく。

「いえ、そうではなく、さきほどの店の娘の話です。外来種の騒ぎの後で、店主の様子がおかしくなったと言っていたでしょう」

　何食わぬ顔で座っていた和狼だが、どうやら話はしっかり耳に入っていたらしい。その抜け目なさに感心しつつ、葵はうなずいた。

「外来種の花粉と、何か関係あると思われますか」

「どうかしら。健康を害しているようにも見えなかったけど。……ただ、たしかに前に白虎屋に行った時は、あんなに愛想良くもなかったし、お菓子の説明までしてくれる感じではなかったわね」

「店主に会ったことがおありですか」

「いいえ。前にいちど、店で見かけたことがあるだけよ。あんまり人相が違うから、てっきり兄弟か何かかと思ったわ」

　そう答えた葵は、和狼がじっとこちらを見ているのに気づいて首をかしげた。

「どうかした？」

「いえ。総長がこちらにいらしたのは、もしや外来種がらみで白虎屋が気になったからかと」

「まさか！　目的はあくまでこっちの桜づくしのほうよ」

葵は菓子皿の花衣をちょんとつついた。さすがに葵だって、そうそう四六時中仕事のことばかり考えているわけではない。

「でも、店主の様子は気になるし、あとで見島に診察してもらうよう話しておいてくれる？」

「承知しました」

和狼はいかめしくうなずいた後で難しい顔になり、再び黙りこんでしまう。

「……何かほかに気になることでもあるの？」

葵が水を向けると、和狼はためらうように何度か茶碗に口をつけ、顔をあげた。

「総長の遣われる、蓮華八刀流《れんげはっとうりゅう》という剣はどのような流派なのですか」

そんな質問がくるとは思わず、葵がきょとんとしていると、和狼は弁解するように続ける。

「その、耳にしたことのない流派なもので、気になって」

「蓮華八刀流はね、そのむかし、蓮華王《れんげおう》が八人の弟子に伝えたっていう剣術よ」

「蓮華王……というと、あの雷帝《らいてい》の弟の？」

「ええ」

蓮華王は今から七百年以上も昔に実在したという伝説的人物だ。

島流しになっていた兄の雷王が帝位につくため、いくつもの戦いを勝利にみちびいたものの、兄の不興を買って処刑されたという英雄である。

蓮華王は武術の達人で、いくつもの伝説が残っているが、なかでも魔の山と呼ばれる煉獄山《れんごくさん》の樹海で鍛えた跳躍力《ちょうやくりょく》で、舞うように敵を倒したという逸話は有名だ。

「わたしの師が蓮華八刀流の継承者だったの。子供のころに煉獄山の庵《いおり》に預けられて、ずっと二人で修行ばかりしていたわ」

足を踏み入れればたちまち方角を見失って行き倒れる、という言い伝えのある樹海で、稽古《けいこ》にはげむうちに道に迷い、しかたなく狩りをしながら野宿でしのいだことや、野ウサギとまちがえて、捜索に来てくれた師匠をあやうく射殺しそうになったことなども、今はいい思い出だ。

「飛龍《ひりゅう》家の姫君ともあろう方が、なぜ修験者のような生活など」

けげんそうな和狼の言葉に、葵はふと我に返った。

「どうしても剣を習いたいと無理を言って、師匠のところへ弟子入りさせてもらったの。父にはずいぶん反対されたけど、あきらめきれなくて」

目を伏せた時、黒髪の哀しげな女性の顔が脳裏をよぎる。それは、葵に剣を取ることを覚悟させたもの。七つの時にただ一度会った、母の面影だった。

追憶に沈みかけた葵の横顔に何かを察したのか、和狼は話題を変える。

「……たしか、師匠というのは熊を一撃で倒されるほど腕をお持ちだとか」

「ええ。強くてたのもしくて、すばらしい方よ。今もお元気だといいけれど」

剣だけでなく、人としての道をも示してくれたその人は、獅神《しがみ》公の懐刀《ふところがたな》として仕えたこともあり、明石《あかし》という名まで賜《たまわ》ったが、いまは人も通わぬ煉獄山の山中に暮らしている。

師匠の雄姿を思い浮かべて、葵が思わず懐かしさと慕わしさにほほえんでいると、和狼はどことなく面白くなさそうな顔になった。

「それはさぞ老練な剣豪《けんごう》なのでしょうね」

和狼の言葉に、葵は首をかしげる。

「老練、というのかしら？　一緒に暮らしていた時は、まだ二十代だったと思うのだけど」

葵が答えると、和狼はしばし絶句した。

「では……その方と、ずっと二人きりでお暮らしに？」

「ええ。楽しかったわ」

釈然としない顔で黙りこんでしまった和狼を見て、葵は茶碗を置いて向きなおった。

「ねえ、和狼。あなたが聞きたいのは、ほんとうにそんな話？」

静かに問うと、和狼は虚をつかれた顔になる。

「どういう意味でしょうか」

「王林寺での一件いらい、わたしと目を合わせようとしないでしょう？　そのくせ、いつも何か言いたそうな顔してるもの」

火消衆《ひけししゅう》の協力を無断で取りつけたことや、本来後方で指揮にあたるべき総長自身が外来種駆除に手を出したこと、顔をかくし、ひそかに桜花衆の助太刀をしていたことなど、王林寺境内での事件のあとに発覚したあれやこれやに、てっきり和狼からは火のような説教を浴びせられるかと思っていた。

ところが、あのあと本陣に帰ってからは特に咎《とが》められることもなく、それでいて和狼の態度はよそよそしいままなのだから、居心地が悪いといったらない。これならいっそ、正面きって怒りをぶつけられるほうがましだ。

「副長のあなたにことわりもなくことをはこんだのはあやまるわ」

「桜花衆の総長として、正しいことをなさったのですから、詫《わ》びる必要などありません」

和狼はそっけなく拒絶する。

「なら、何に腹を立ててるの？」

葵がまっすぐ切り込むと、和狼ははじめて、少し困った顔をした。

「別に怒っているわけでは……。ただ、己《おのれ》の力不足がはがゆいだけです」

「和狼はきちんと仕事してると思うけど」

「桜花衆の人手不足と巡回の強化のために、火消衆の協力が必要なことはわかっていました。ただ、奉行所との関係や、火消衆と以前問題を起こしたこともあって、話を通すのをあきらめていたんです。それを、総長はこの十日で変えてしまわれたわけですから」

奉行所は、海都の街の司法と行政をあずかる組織である。

その役割は、治安維持のための市中取り締まりや訴訟の取り扱い、防災や医療など多岐にわたっており、火消衆もこの奉行所の支配下におかれている。

防災を担当する火消衆は町の様子にもくわしく、まっさきに異常を知ることのできる立場だが、外来種発生の報はいつも奉行所を経由して桜花衆にもたらされるため、隊士たちが駆けつける頃には被害が拡大していたり、事態が悪化していることが多かったという。

そのうえ、奉行所にも外来種を駆除する役職があるものだから、手柄をさらわれたり、危険な仕事だけ押しつけられたりと、桜花衆としては腹の煮える状況が続いていたのだ。

外来種駆除を専門として創設された桜花衆は歴史も浅く、古くからある奉行所にしてみれば、新参者という意識があるのだろう。

現場で会うことがあってもあからさまに見下す態度を取られたり、隊士たちが下役のように使い走りをさせられることまであって、奉行所と桜花衆の折り合いは悪く、火消衆ともとても連携できるような状況ではなかった。

それがここへ来て、葵の登場によって火消衆との協力体制ができてしまったのだから、現場との間で板ばさみになっていた和狼としては、単純によろこべることでもないのだろう。

「わたしが作ったのはただのきっかけよ。奉行所との関係が改善されたわけじゃないし、協力体制が整うかどうかも今後の対応次第だわ。……それに、火消衆が協力に応じてくれたのは、今まで和狼や桜花衆の隊士たちが苦労してきたところを、彼らが見ていたからよ」

葵は本陣に火消衆の頭領たちを招いて話をした時のことを思い出した。

頭領たちは、奉行所との関係がある以上、表立って協力することはできないが、異変があればそれとなく桜花衆にも使いをよこすと請け負ってくれたのだ。

『私らは、外来種が湧いて出れば、まっさきに毒の花粉を浴びるような場所に住んどります。ここの隊士のみなさんとは揉《も》めることもありましたが、いつも駆けまわって黒い装束を花粉まみれにして戦ってるのは見とりますから、町の者はよろこんで力をお貸しするでしょう』

火消衆の頭領はそう言って、力強くうなずいてくれた。

「わたしが来たことで何かが変わったわけじゃないわ。いちばん大変な時に、大変なところであなたたちが戦ってきたからこそ起きた変化よ。それなのに、どうしてあなたが引け目なんて感じる必要があるの？」

葵が真剣な顔で問いかけると、和狼の顔がおどろいたようにこちらを向いた。

じっと注がれるまなざしが痛いような気がして、葵は正面に向きなおると、ぱくぱくと桜のきんとんを口にはこぶ。

「なんだかまじめな話をしちゃったわ。これじゃまるで、ほんものの総長みたいじゃないの」

気恥ずかしさを紛《まぎ》らわすために冗談めかすと、隣でかすかに笑う気配がおこる。

「まるでじゃなく、本物の総長でしょう。あなたは」

ちらりと視線を向けると、意外にもそこには副長のおだやかな顔があった。

眉間にしわを寄せたしかめ面《つら》ばかり見ていたせいか、役者のような顔が静かに目を細めていると、思わず見とれそうなほどの威力がある。

（いろいろと心臓に悪い人ね……）

なんとなく落ち着かない気持ちできんとんを飲みこんでいると、和狼が口をひらいた。

「総長。お言葉に甘えて、もうひとつお聞きしてもよろしいですか」

「どうぞ」

「総長はなぜ、散華刀《さんげとう》を手に戦っておられるのです？」

二つめのきんとんを口にしかけた葵は、ぴたりと手をとめた。

「おそれながら、剣も戦いも、あまり姫君にふさわしいものとは思えませんが」

和狼の言葉に否定や悪意は感じられなかった。

葵の胸に、桜花衆に来る前の晩、乳姉妹の詩乃《しの》とかわした言葉がよみがえる。あの時のように、外来種が憎いのだと言いきってしまえば簡単だった。

葵は口をひらきかけ、目の前ののどかな花見の風景に気づくと、ふっと肩の力を抜く。

「……こういう景色を守りたいから、かしらねぇ」

こぼれ出た言葉は、自分でも意外なほどやわらかかった。

脅威にいくたびもさらされながらも、町の人びとは海都を見捨てなかった。

隣国との戦《いくさ》がおさまったとはいえ、火種はくすぶったまま、外来種という危険も存在しつづけている。それなのに、彼らはこうして花を眺め、春を楽しもうとしているのだ。

どこかしたたかで、貪欲《どんよく》なそのいとなみが、葵にはなぜかいとおしいものに感じられた。

「わたしは多分、外来種のせいで傷つく人を見たくないんだと思うわ」

そのために必要なら、いくらでも剣をふるう。たとえ鬼神のようだと恐れられたとしても。

二つめのきんとんを頬《ほお》ばって葵がしみじみと春の光を浴びていると、和狼の声色《こわね》が変わった。

「そうですか。お答えいただいてありがとうございます。——ところで総長」

さきほどの笑顔はまぼろしかと思うようなひややかなまなざしを向けられ、葵はぎくりと体をこわばらす。

「な、何かしら」

「いつの間にか私のきんとんが消失しているようなのですが、お心当たりはありますか？」

和狼が菓子盆を示すのを見て、葵は不覚を悟った。そういえば、和狼の笑顔などという椿事《ちんじ》を目《ま》の当たりにして自分のきんとんを味わいそこねたので、つい和狼のぶんに手をつけてしまったのだ。

「な、何のことかしら？　おぼえがないわ」

にこやかにすっとぼけていると、和狼の手が葵の顔にのびる。

「ほう。おとぼけになりますか。では、ここについているものはいったい何なのでしょうね」

和狼は凶悪な低音でそう言うと、葵の口もとからきんとんをぬぐい取り、指についたかけらを舐め取った。

「！」

あまりに大胆なふるまいに葵が目を白黒させていると、和狼は「鬼」の異名にふさわしい悪どい笑みを口もとに刷《は》く。

「桜吹雪《さくらふぶき》にまちがいありませんね。動かぬ証拠ということで、こちらの桜の練り切りは私がいただきます」

おどろきのあまり呆然としていた葵は、その言葉にはっと我に返った。

「だ、だめよ！　それはわたしが最後に食べようと思って大事にとっておいたんだから!!」

取りあげようとする手をはっしと止めれば、和狼は冷淡にはねつける。

「私も桜吹雪は最後にとっておいたんです」

「だったらもうひとつ注文すれば――」

葵が提案しかけると、茶汲み娘が狙いすましたように「ごめんなさいお客さん、桜吹雪と桜の練り切りはおしまいになっちゃったんですよー」と他のお客に答える声が耳に入ってくる。

「では、私がいただいてもよろしいですね？」

念を押され、葵はうなった。

「う、うう」

厳次郎のように転がってだだをこねられたらどんなにいいだろうと思いつつ、往生際悪く菓子皿をつかんでにらみあっていると。

「なァにいちゃついてんのさー。こんな真っ昼間っから、見てるこっちが恥ずかしいや」

あきれたような声に、葵はぎょっとして顔をあげた。

「厳次郎⁉　どうして……」

そこには、満開の桜を背景に、あでやかな鶴文様《つるもんよう》の小袖をまとった巻き毛の美少女――ならぬ一番隊隊長が立っている。

「どうしてもこうしても、鑑定方の見島センセに総長か副長呼んでくるようにって頼まれたんで捜しに来てみれば、こォんなところにしけこんで、二人っきりで逢引《あいびき》なんかしてるんだもん。やんなっちゃうよ」

頰をふくらませ、厳次郎は腰に手をあてる。こんなところで泣きわめかれては一大事と思っていると、先に和狼が口をきいた。

「別に逢引なぞしておらん」

「そ、そうよ。さっきそこでばったり会っただけよ」

あわてて葵が続ければ、厳次郎は疑わしそうに目を細める。

「それにしちゃ、仲よく並んでお菓子なんか食べてたみたいだけどォ？」

「お菓子は食べてたけど、仲よくはしてないわ。だって、和狼はわたしが嫌いだもの」

ねえ、と隣の副長に同意を求めれば、和狼はなぜか絶句している。

いくら本当のことでもさすがに「そうだ」とは言いにくいのだろう。

結局、あまった菓子は「ボクも食べたかったんだよー、桜づくし！」という厳次郎へのお駄賃として彼の腹に収まり、三人は本陣への帰路につくことになったのだった。

どうにもわからん人だ……。

和狼は厳次郎と並んで前を歩く少女を見つめ、黙然と考えこんでいた。

桜花衆の総長として就任して十日、早くも葵は隊士たちにその存在が受け入れられつつある。

先日の王林寺でのあざやかな働きぶりや、火消衆の協力を取りつけた手ぎわによるところも大きいが、何よりも、隊長格である厳次郎や拾兵衛が葵を「おかしら」と呼んで慕いはじめたことがいちばんの原因だろう。

『ま、正義の白ずきんが相手だったから今回は従ってあげるけど。でもだからって、和狼さんの愛はあきらめたわけじゃないからね!!』

などと、わけのわからん理屈で折り合いをつけた厳次郎は、あれ以来、やたらと道場で葵に手合わせを申し込んではぶち負かされて泣きわめいている。だがそれも、豹堂あたりに言わせると「甘えてるってことなんですかねぇ」ということになるらしい。

散華刀を手にしている時は目がさめるほど勇ましい剣士のくせに、ふだんの葵はいっそ昼行《ひるあん》灯《どん》と言っていいほどのんびりしているのだから、和狼としては調子がくるうことこの上ない。

(そのくせ、見るところは見ているのだからな)

小憎らしいような気分で和狼は葵の横顔をにらんだ。

蒼龍《そうりゅう》公の声がかりで決まった人事だけに、剣術ごっこの好きな姫君の道楽かとはじめのうちは思っていたが、世間知らずどころか、現場で泥にまみれて戦ってきた隊士たちの苦労まで見すかしているようなところがある。

『いちばん大変な時に、大変なところであなたたちが戦ってきたからこそ起きた変化よ』でなければ、あんな言葉が口をついて出てくるはずがない。

なぜ散華刀を手に戦うのか、と尋ねたのは、副長としてではなく、純粋に飛龍葵という少女について知りたかったからだ。

そこまで考えた和狼は、急にふきげんになった。

（知りたい……？）

上役とはいえ、自分より年下の少女にそんな感情を抱くなど、なんとなく釈然としない。

そのうえ、さきほど葵が口にした言葉を思い出し、和狼はますます眉間にしわを寄せる。

『和狼はわたしが嫌いだもの』と言われた時、とっさに反論したいような、腹立たしい思いに和狼はかられた。

そもそも、すれちがうのも苦労する花見の雑踏で、なぜ葵の姿を見つけてしまったのか。

前をゆく葵は、蘇芳《すおう》色の袴に薄紅色の小袖をまとい、散華刀を腰にさすという、少女剣士らしいいでたちだ。布地も織《おり》も文様も、きらきらと目もあやに着飾った花見客の中ではいっそ地味と言っていいくらい目立たない。

にもかかわらず、雑踏に足を踏み入れたとたん、まっ先に葵の姿が目にとまった。黙って立ち去ってもよかったのに、つい声をかけてしまったのは、葵が供も連れずにふらふら出歩いているのを見てしまったからだ。

(それ以外なにがある)

自分の中の、名状しがたい感情にそう見切りをつけた和狼は、人の波の中でふと足を止める。強い視線を感じて振り向けば、ちょうどすれ違った人の流れの中、網代笠を被った僧がこちらを向くのが目に入った。

行脚《あんぎゃ》中でもあるのか、墨染《すみぞめ》の衣は薄汚れ、鉄の錫杖を手にしている。顔は影になってわからないが、僧にしては体格がよく、背丈は和狼と同じくらいはあるだろう。

坊主も桜見物か、と皮肉る気になれないのは、こちらに向けられたまなざしがあまりに剣呑《けんのん》に思えたからだ。

立ち止まった和狼はじっと様子をうかがったが、僧の視線は和狼を越えた先にあるようだ。

厳次郎と並んで歩く葵の背中にはっと目をやれば、葵がけげんそうに振り返る。

(まさか、総長か?)

「和狼?」

和狼はふたたび背後に目をやったが、僧の姿は雑踏に紛れていた。

「――なんでもありません。参りましょう」

記憶ちがいでないのなら、それは王林寺の境内で見かけた僧に思えた。


「お呼びたてして申し訳ございません」

天野山から桜花衆本陣に帰りつくと、鑑定方の見島がそう言って和狼と葵を出迎えた。

こみいった話になりそうだというので、来客や隊長格との対面に使う表書院ではなく、葵が仕事場として使っている主殿《しゅでん》の小書院で話を聞くことになった。

「総長。……これをほっぽって天野に菓子を求めに行かれたので？」

文机《ふづくえ》の上に積み上げられた報告書に目がいけば、和狼としてはそう小言を言いたくなる。

葵はあきらかに「しまった」という顔で、文机の上の紙束を取りのけた。

「ええと……目は通してあったのよ？　ただ、花押《サイン》を書くのが億劫《おっくう》で」

「花押なぞ、筆でちょいちょいと印をつけるだけのことでしょう」

署名のかわりにもなる花押は、本人だけが書き方を知る特殊な印だ。書くだけならそれほど時間はかからないはずである。

和狼がそう言ってにらめば、葵は困った顔になる。

「そのちょいちょいが難しいのよ。何度書いてもおんなじ形にならないし。同じように書いたつもりでも、『前とちがう』って言われるし。もういっそ、持ってきた人の似顔絵とかで勘弁してもらえないかしら」

ため息をついた葵に和狼は言った。

「そうなさりたければご随意に。ただし、報告書の数が多ければ、それだけ似顔絵もたくさん描くことになりますが？」

「それもそうね。なら、報告書十枚ごとに似顔絵を描いてあげるっていうのはどうかしら」

「報告書は引換券ではありません!!」

名案を思いついた態で手を打った葵に、和狼はぶち切れる。

「——さて、オチがついたところで本題に入ってもよろしいですかな？」

見島が眠そうに合いの手を入れた。

「漫才《まんざい》をやっているわけではない」

和狼は苦虫を噛《か》みつぶす。

「傍《はた》で見ているとそうとしか思えませんな。まあそれはともかく、先日の王林寺の一件、いささか厄介なことになりそうです」

前座を軽く受け流した見島は、そう言って白衣の袂《たもと》から白い袱紗《ふくさ》を取り出した。

折りたたんだそれをひらいてみれば、中に入っているのは硝子《ガラス》の壜《びん》のようだ。

「それは？」

葵が身を乗り出すと、見島は袱紗ごとそれをつまみ、掲げてみせた。

「王林寺の境内、外来種の根の近くで発見されたものです」

「何に使うものだ？」

「ふしぎな形ね。醤油《しょうゆ》さしか何かかしら」

細長い筒状の硝子壜は、口の部分がすぼまって、針のようなかたちをしている。

「用途や内容物は不明ですが、おそらくこのように逆さまにして、地中深く突き刺してあったのだろうと思います」

「なぜそんなまねを」

何となく呪術的なものを感じて和狼が眉を寄せると、見島は壜の注ぎ口のところを指さした。

「この注ぎ口は、ぽとりぽとりと、それこそ雨だれのように少しずつ液体をこぼすのに適した形状になっております。これはあくまで想像ですが、今回の一件、何者かが故意に外来種の種か苗を植え、芽吹かせたのではないかと」

「なんだと？」

和狼はさすがに顔色を変えた。葵も厳しい表情で見島を見据える。

「そう思う根拠は？」

「まずは外来種の根があった位置ですな。これが三つ、きれいな三角形に配置されておりました。それと、成長速度の点」

見島は言うと、袱紗を置き、懐から茶色の胡桃《くるみ》状のものを取り出した。

それを見てぎょっとした和狼に、見島はうすい笑みを浮かべる。

「これは外来種の種子――を模した雛形《ひながた》です」

「おどかすな」

和狼が顔をしかめれば、見島はますます得意げにそれを掲げる。

「この種子が地中に埋められれば、およそ七日で芽を出し、三日のうちに蔓《つる》を伸ばし、さらに三日ののちに花をつけ、花粉を飛ばします。それゆえ外来種は十三日花とも呼ばれる。ここまではいいですかな?」

「それがどうした」

外来種は十三日で花ひらく。そんなものは海都の住人なら誰でも知っていることだ。

「ところがです。寺の者にくわしい聞き取りをしたところ、境内の雑木林は三日前に入った時には何もなかったと言っている」

見島の言葉に、和狼も葵も絶句した。

「寺の者が見落としたという可能性は?」

「ないとは言いきれませんが、あれほどの蔓です。いくら花をつけておらずとも、見落とすことなどありえますかな」

和狼は王林寺の境内で見た、生木にからみつく大蛇のように巨大な蔓を思い出した。

あれほど異様なものが雑木林を這《は》い回っていれば、さすがに気づくだろう。

「つまり見島は、何者かが意図的に外来種の種子を植えた、しかもその外来種はふつうでは考えられない早さで成長する、と言いたいのね？」

葵が落ちついた声で問う。見島は指で眼鏡を押し上げた。

「さようです。思うに、この硝子壜には、外来種の発芽や成長をうながす薬のようなものが入っていたのではないですかな。それが土壌に注がれ、種子に影響を与えた」

「肥料というわけね」

「だが、そうなると事は重大だ。単なる自然発生ではなく、人為的に引き起こされたものだとすると、臥瑠名理阿国《ガリユーメリア》の間諜《かんちょう》のしわざということも考えなくてはならん」

和狼は腕くみして言った。外来種の生体については、陽源《ヒノモト》の本草《ほんぞう》学者や医師たちの間で研究がすすめられているが、いまだ不明な点が多い。

その種子を芽吹かせ、成長を早めるなど、陽源《ヒノモト》の人間にできることではないからだ。

「ことによると、今回だけですむ話ではないかもしれません。桜花衆だけで事にあたるより、この件を上に報告して海都一帯の警戒を厳《げん》にしていただくべきではありませんか？」

上座に座る葵に和狼は視線を向け、思わず眉を寄せた。

床の間を背にした葵は、いつになく深刻な顔で黙りこんでいたからだ。

心なしか、その顔が青ざめているように見えて、和狼は思わず声をかけた。

「総長。どうかされたのですか?」

葵は呼びかけに我に返った様子で顔をあげると、いつも通りのおっとりした表情に戻った。

「いえ、なんでもないわ。和狼の言うように、もし何者かが意図的に騒乱を起こそうとしているなら、このままにはしておけないわね。わたしはすぐに閣老《かくろう》がたにご報告して、明日一番に上様に奏上してもらうよう手配するから、和狼は各隊に見回りの強化と不審な人物への警戒を徹底するように伝えて」

「承知しました」

和狼がうなずくと、葵は見島に視線を移す。

「鑑定方は王林寺から持ち帰った標本をくわしく調べて、ほかの外来種とちがったところがあれば報告するように。その硝子壜の中身についても調査をお願い」

「さっそくとりかかりましょう」

和狼と見島は先に小書院を退出した。去りぎわ、和狼が目にした葵は、再び表情を引きしめ、考えこんでいるように見えた。

五　葵の秘密

「いやな感じね」

葵《あおい》は天を見あげて呟《つぶや》いた。

池のほとりには、どこか湿気をふくんだ風が生ぬるく漂ってくる。

つい今しがたのぼった月は、どこか不穏な気配をはらんで赤く煤《すす》けていた。

「今のところ、すべて後手に回っていますからね」

傍《かたわ》らに立つ黒装束《しょうぞく》の副長も同意する。

葵たちは天野山《あまのやま》のふもとにある無常池《むじょういけ》のほとりへ来ていた。

時刻は夜。外来種《がいらいしゅ》発生による出役である。

王林寺《おうりんじ》境内《けいだい》で起きた外来種発生が何者かによって引き起こされたとわかり、葵が詳細を蒼龍《そうりゅう》公に報告すると、ただちに海都《かいと》全域に警戒網が敷かれることになった。

すると、まるで待っていたかのように寺社の境内や、人の出入りの少ない貴族の庭園、今は使われていない屋敷など、それまでの見回りで対応しきれなかった場所に、次々と外来種発生の報がもたらされたのである。

それらの外来種はやはり通常では考えられない早さで成長したもので、調べてみると、各所には見島《みしま》が持ってきたのと同じ、硝子《ガラス》の壜《びん》が残されていたのだった。

今夜もまた、たて続けに外来種発生の知らせが届き、葵は本陣に残っていた五番隊と和狼《かずろ》を連れてこの地へやってきたのだ。

「このあたりには来たことがないけど、ずいぶん茶屋が多いのね。景色がいいからかしら」

いくつも軒《のき》をならべる茶屋を眺め、葵は呟いた。普段は訪れる男女でにぎわう場所だというが、桜花衆《おうかしゆう》の誘導で避難が完了した今は閑散《かんさん》としている。

茶屋はいずれも無常池の水面《みなも》に張り出すような形で建てられており、座敷からの景色が売りだという話だ。客たちもそれが目当てだろうと思ったが、和狼は苦い顔で黙りこんでいる。何か悪いことを言ったかと思っていると、豹堂《ひようどう》が近づいてきて、こそっとささやいた。

「このあたりにあるのはみんな出逢《であ》い茶屋ばかりですからね」

「出逢い茶屋？」

「ええ。まあ、その……男女が逢引《あいびき》のために使う場所と申しますか」

言いにくそうに豹堂がむにゃむにゃと口を濁《にご》すのを、和狼がたしなめる。

「豹堂。余計なことは言わんでいい！」

「ですが、総長にも仕事上、知っておいていただかないと」

逆にさとされ、和狼は顔をしかめたまま口をつぐんだ。

「あら。気を遣うことはないわよ。逢引くらい知ってるから」

葵が言うと、和狼と豹堂はぎょっとしたようにこちらを向いた。

そんなにおどろくようなことだろうかと首をかしげつつ、葵は続ける。

「おたがいに好きあった男女が二人でのんびりすることでしょう？　あんなにたくさんの人がいたなんて、海都には仲睦《むつ》まじい夫婦が多いのね」

「夫婦……だったんですかねぇ、あの人たち」

「俺に聞くな」

苦笑いして問いかける豹堂に、和狼はそっぽを向いた。

そういえば、さきほど慌《あわただ》しく避難していった客たちは、いずれも恥ずかしそうに手ぬぐいを被ったり頭巾で顔をかくしていた。外来種発生事件とは無関係だと豹堂は言っていたが、やましい関係でないのなら、なぜ顔をかくす必要があるのだろう。

いぶかりつつも、今は外来種の駆除が先と、葵は気持ちを切りかえる。

「避難がすんだのなら、駆除をはじめる。根の数は二つ？」

「はい」

小者たちの差し出す龕燈《がんとう》の明かりや、篝火《かがりび》によって周囲が照らされるなか、葵たちの前には地面を割るようにしてうねり、からみあう不気味な蔓《つる》が伸びていた。いまだつぼみはつけておらず、花粉の毒を浴びる心配はないため、みな息苦しい覆面《ふくめん》は外している。

駆除をはじめれば、外来種の蔓が蛇《へび》のようにのたうちまわって周囲に害をおよぼす危険があるので、念のため茶屋の店員や客たちを避難させたものの、今は比較的おとなしい。

そうでなければ、こんなところで立ち話などしている余裕はない。

「五番隊は二手に分かれて根の処置を。茎《くき》と蔓は和狼とわたしで処理にあたる。急に動き出すかもしれないから、慎重におこなうように」

「はっ！」

かかれ、の号令一下、身軽な出役姿の隊士たちがいっせいに外来種の二つの根に打ちかかる。

いつも通り、とどこおりなく駆除を終えられるものと、この時までは全員が思っていた。


「総長？」

ぴくりと葵が顔をあげたのは、苦悶《くもん》するようにうごめき始めた蔓を断ち切り、主茎《しゅけい》の処理にかかった時のことだった。

急に動きを止めた葵は、和狼の呼びかけにも答えず、篝火の届かない暗がりへと目をこらしている。その姿はまるで、野生の獣《けもの》が獲物の気配にじっと耳をすませているかのようだ。

何事かと問いを口にしかけたとたん、ぞわりと肌が粟立《あわだ》つような殺気を感じ、和狼は顔をこわばらせる。

「伏せろ‼」

葵がどなったのは次の瞬間だった。

飄《ひょう》！

と風を切って向かってくる何かを葵の散華刀《さんげとう》が叩き落す。

「敵襲か！」

和狼は歯嚙《はが》みする思いで飛来する矢を叩き切った。

突然の襲撃に、無常池のほとりはたちまち乱戦になった。

手傷を負った隊士がうめき声をあげ、のたうつ外来種の蔓が篝火を打ち倒し、闇《やみ》の中を赤い火の粉が舞う。

飛来する矢のことごとくを打ち払い、さらには暴れくるう蔓をも切り捨てる葵の剣は、こんな時も冴《さ》えわたっていた。

和狼も負けじと主茎に剣を突き立て、抜き取りざまに矢を払う。

「射手はあの茂みにいます！」

「俺がひきうける。先に根の処置をすませろ！」

豹堂に向かって答えた和狼は、暗がりとなった茂みへと回りこもうと踵《きびす》を返した。そこへ。

「さても、鬼の娘とはよく言うたものだ」

低く、どこまでも冷えきった声が響いた。

茂みを割って、倒れた篝火のつくる薄明かりの中へと黒い影が歩を進める。大柄なその人影を見て、和狼は顔をゆがめた。

「やはりおまえか……」

そんな呟きがうめき声となって口からもれる。

傾いた網代笠《あじろがさ》を引き下げるようにして顔をかくし、錫杖《しやくじよう》の金音を高く響かせて現れたのは、先日の王林寺での事件で見かけた、あの僧だった。

僧は和狼の呟きなど歯牙《しが》にもかけず、ひたとただ一人にまなざしを注いでいる。

「人の子とは思えぬ動きをする。おぞましいことよな」

抑揚のない声で僧は言った。視線の先にいた葵は、燃えるような瞳《ひとみ》を僧に向けて問う。

「海都中にこのばけものを植えているのはおまえか」

「そうだと言ったら？」

動じる気配のない僧へ、葵は抜き放ったままの散華刀を突き出す。

「即刻、おまえを捕縛《ほばく》する！」

「花狩《はなかり》ふぜいが、聞いたふうな口をきく」

くつくつと網代笠の下で僧が嗤《わら》うと、さすがに隊士たちの顔色も変わった。

「その無駄口は捕まったあとできくがいい!!」

しかし、誰よりも激しているのは葵自身のようだった。

言うなり跳躍《ちょうやく》して斬りかかった葵に、和狼は息をのんだ。

並の剣客ならば動くこともかなわない斬撃を、僧は錫杖一本で受けとめる。押しきれず振り払われた葵が背後に飛び退《の》くと、こんどは僧が錫杖を振りあげ、打ちかかった。

水際を背にしてしまった葵はそれ以上よけられず、刀の鍔元《つばもと》で杖を受ける。体格差から言って、力押しでは葵に分が悪すぎると見た和狼が割って入ろうとした時、笠の下で、僧の唇《くちびる》が笑みをつくった。

「あのあわれな花をばけものと呼ぶか。笑止よな」

そなたのほうがよほどのばけものであろうに。

地の底を這うような声で続けられた言葉に葵の顔がこわばる。

その一瞬の隙《すき》を待っていたかのように、僧は葵の顔めがけて手にしていた布袋を投げつけた。

「な――――げほッ!!」

まともに浴びた葵がむせかえる。

「きさま、何を」

近づこうとした和狼は思わず口を覆った。喉《のど》が詰まるような濃い瘴気《しょうき》は、まぎれもなく外来種の花粉のものだ。

しかも、葵に浴びせられた量は尋常のものではない。

「総長‼」

力を失い、くたりとその場に崩れた葵を見て、和狼は我を忘れた。

怒りに血が沸騰《ふっとう》し、視界が白く塗りつぶされる。

「おのれ……」

一足飛びに斬りかかれば、僧は小賢《こざか》しくもまた杖で受けようとする。

「よくも‼」

骨をも断ち割る撃剣に、僧の杖はまっぷたつに折れた。

さすがにひるんで退《ひ》こうとする隙に、和狼はさらに踏み込み、正面から斬りおろす。

ざっ、とかわいた音がたち、僧の網代笠が裂けた。

しかし、踏み込みが甘かったのか、剣は僧の脳天を割るに至らず、和狼は舌打ちをこらえる。

己《おのれ》が殺すつもりで斬りかかっていたことに、その時ようやく気がついた。

「なるほど。腕のいい飼い狗《いぬ》だ」

おかしそうに僧は再び嗤い、顔をあげる。こちらをまっすぐ見据えた目に、和狼は一瞬息をとめた。その目は陽源《ヒノモト》の人間のもつ黒ではなく、湖水のように蒼《あお》かったのだ。

「きさま、異人か」

うめくように問えば、僧は答えずに、ちらりと倒れた葵に碧眼《へきがん》を向ける。

「案ずることはない。あの娘は死なぬ。あれしきの毒ではな」

「なんだと？」

問いつめようとした和狼の眼前に、さきほど葵に投げつけたのと同じ布袋が突き出される。

「くそッ！」

腕で振り払った和狼はすぐさま僧に斬りかかった。しかし、剣が届くより先に水音がたつ。池に飛び込んで逃げたのだろう。水面に飛沫《しぶき》があがった時には、僧の姿は消えていた。

「副長、総長は――」

「近づくな！　瘴気を喰《く》らう!!」

助勢しようとする豹堂たちを制すと、和狼は池のほとりに倒れた葵に駆け寄った。

羽織や髪が白くかすむほどの花粉を目にしたとたん、ぞっと背筋が凍りつく。

息をとめ、葵の体から花粉を払い落とした和狼は、呼吸をたしかめた。

ぴくりとも動かない体やそよとも揺らがない呼気に、絶命の二文字が脳裏をよぎる。

一瞬、経験したことのない感情がこみあげ、和狼は声を詰まらせた。さきほどの激情が怒りなら、瞬間的に感じたそれは、恐怖と呼ぶしかないものだ。

目の前の命が失われることへの恐怖なのか、あるいは、葵を喪《うしな》うことへの恐怖なのか。判然としないまま、和狼は痛みにも似た感覚を眉を寄せてこらえる。

――死なせるか！

葵の顔を仰向けて花粉をぬぐい取ると、和狼はためらいなく唇を重ね、呼気を送りこんだ。

何度か息を与えるうちに、かすかに葵の体が震え、咳《せ》きこみ始める。

呼吸が回復するのを見た和狼はほっと息をつき、葵を抱えあげた。

「豹堂、根の処置は」

「済みました。しかし総長が……」

意識を失ったままの葵を見おろし、豹堂は絶句する。

「すぐに戻って鑑定方《かんていがた》に手当てさせる。悪いがあとを頼む。念のため警戒を怠るな」

「わかりました。池のほうも捜索させてみましょう。……まあ、無駄かもしれませんが」

豹堂の言葉に、和狼は闇に沈んだ水面のほうへ視線をやった。確かに、いくら月夜とはいえ、墨染を着た僧の姿をこの広い池から見つけるのは至難のわざだろう。

撤収作業を豹堂に託し、和狼は乗ってきた馬で桜花衆本陣へと急いだ。

腕の中の葵は、すさまじい剣筋に似合わぬほど細く、哀しいほどに軽かった。


葵の手当てを終えて戻ってきた見島医師は、腹立たしいほどふだん通りの表情だった。

「容態はどうなんだ」

やつあたりと知りつつも、食ってかかるように和狼が尋《たず》ねれば、見島は眠そうな目で答える。

「おかしらはすでに気がつかれています。意識もはっきりしておりますから、お話しにもなれますよ」

「では、解毒できたのか」

外来種の毒は、一度に大量に吸いこめば死に至る危険なものだが、薬によってあるていどまでは解毒が可能だ。長年にわたって蓄積《ちくせき》した花粉が引き起こす病には効果がないが、手当てが早ければ助かる確率も高い。

しかし、見島は首を振った。

「いえ。洗浄しただけで解毒はおこなっておりません。外来種の花粉を吸った時に見られる、瞳孔《どうこう》の収縮や脈搏《みゃくはく》の異常などはほとんどありませんでしたので」

「だが、息が止まっていたのだぞ?」

「おかしらが浴びた大量の花粉には、どうやらしびれ薬が混入していたようですな。気を失い、一時的に呼吸が止まったのも、この薬のためかと思われます」

初見を記した書きつけに目を走らせて見島は答える。

「それでも外来種の毒を吸ったことに変わりはないだろう。あれだけの花粉を浴びせられて、異常がないなどということがありえるのか?」

疑問を口にした和狼に、見島は書きつけを置いてあっさり言った。

「まずありえませんな」

「おまえな……」

おちょくっているのかと和狼がにらむと、ややまじめな顔で見島は続ける。

「われわれのような医師や学者というものは、事実をありのままにお伝えすることしかできぬのですよ。ふつうに考えてありえないことが起きている以上、おかしらがそのような人であると認めるしかありません」

「そのような人？」

「おかしらはもともと、外来種の毒に抵抗力がおありだそうですね」

「ああ。だからこそ、覆面もつけず、ああして剣をふるえるのだろう」

王林寺の出役の時も、また一年前の海都台場《だいば》での戦役の時も、葵は花粉よけの覆面にほとんど頼っていなかった。葵が花から花へ跳躍し、飛ぶように剣をふるうことができるのも、呼吸を制限する息苦しい覆面をつけていないためだろう。

年若く、体力もある男子であれば花粉の毒も効きにくいが、葵のように婦女子で外来種の毒に抵抗力を持つ者はまれだ。

「つまり、おかしらはただ単に外来種の毒が効きにくいわけではなく、外来種の毒がまったく効かぬお体だということです」

「毒が、効かない？」

「副長。ひとつ、どうしてもうかがっておきたいことがあるのですが」

めずらしくためらうそぶりを見せた後、いつになくまじめな顔で見島に問われ、和狼はいやな予感にとらわれつつ先をうながす。

「なんだ」

「副長は――――入浴中のおかしらをのぞいたことがおありとか」

間髪いれずに和狼の腕が伸び、見島の胸ぐらをつかみあげた。

「それは今聞くことなのか⁉」

「私は冗談で聞いていているわけではないのですが」

「冗談でないならなお悪い！」

緊張感を台無しにされた和狼が殺気にみちたまなざしを向けても、見島はかわらず眠そうな顔のまま、ついと眼鏡を押し上げる。

「副長もご存知でしょう。臥瑠名理阿人《ガリューメリア》の体には外来種の毒が効かぬということ」

「それがなんだという」

外来種は、隣国の臥瑠名理阿人《ガリューメリア》によってもたらされたものだ。自分たちに害をなす植物を、彼らが兵器として使うはずがない。

「臥瑠名理阿人《ガリューメリア》は、花粉の毒を浴びても、その影響をまったく受けない。かわりにあの者たちは、花粉の毒が体内に入ると、体の一部に花のような痣《あざ》が浮き出るのだそうです」

見島の衿《えり》を締め上げていた和狼は、思わず動きを止めた。

「さきほど、おかしらのお体のこのあたりに、花びらのような赤い痣が浮き出ておりました」

自分の左胸の上、腕の付け根あたりを手で示し、見島は告げる。その言葉に、反射的に記憶がよみがえり、和狼は眉を寄せた。

「そんなものは」

なかったはずだ、という言葉をとっさに呑《の》みこんだ和狼に、淡々とした声が問いかける。

「ひょっとして、おかしらは臥瑠名理阿《ガリユーメリア》人の血を引いておいでなのではありませんか？」

陽源《ヒノモト》では鬼、とさえ呼ぶことのある異人の存在を、見島はそう口にした。


見島のいる診察室を出た和狼は、その足で屋敷の奥殿《おくどの》に向かった。

目をさました葵が、和狼と話したがっていると聞いたためである。

月は高く、すでに深更《しんこう》をまわっており、奥殿は人の気配もなく、しんと静まりかえっていた。

蒼白い月あかりが差しこむ広縁《ひろえん》に人影が佇《たたず》んでいるのを見つけ、和狼は足をとめた。

鼓動が大きく跳ねたのは、人の姿におどろいたためではない。

白い単衣《ひとえ》の上に瑠璃色《るりいろ》の小袖をそっと羽織《はお》り、髪を下ろした葵の横顔が、ひどくはかなげで頼りないものに思えたからだ。

「休んでらっしゃらなくてよろしいのですか」

「風にあたっているほうが気が紛《まぎ》れるの」

和狼が聞けば、葵は白い面《おもて》を向けて、かすかにほほえむ。

「……ここはふしぎなところね」

月光に照らされた庭に向きなおると、葵は羽織った小袖の衿を軽く引き寄せた。

「主《あるじ》のはずの総長がなぜか奥殿を使っていて、副長や隊長たちが主殿《しゅでん》に部屋住みしてるんだもの。最初はおどろいたわ」

貴族などが使う屋敷はふつう、表殿と主殿、そして奥殿にわかれている。

主殿は文字どおり主人が住まい、奥殿には娘である姫君や奥方が住まうというのが一般的だ。それなのに、この桜花衆ときたら、総長の住まいが奥殿にあり、まるで学寮か何かのように和狼はじめ、隊長格たちが揃って屋敷に部屋を与えられているのだから、非常識もいいところだ。

葵がおどろくのも当然である。

「それはそうでしょう。私もここへ来た時はとまどいましたから」

どこかのんびりとした葵の声に引きずられたように、和狼も気どりのない口調で答えていた。

「和狼が?」

とまどうことなどあるのかと言いたげな様子に苦笑する。

「私も人の子ですからね。どうやら、十七年前の戦後のどさくさに桜花衆ができた時からの気風のようです。初代総長というのはずいぶん大雑把《おおざっぱ》な方だったとかで、出役のたびに官舎から隊長を呼び出すのが面倒だと言って、『おまえらまとめてここに住め!』と言ったのがはじまりだったそうですから」

　ちなみに総長が奥殿を使いはじめたのは先代からで、風流好みのご隠居が奥殿の庭をいたく気に入り、引きこもったまま出てこなくなって以来のことである。

「そのせいなのかしらね。ここにいると、なんだかみんな、家族みたいに思える時があるわ。和狼や厳次郎《げんじろう》や豹堂、拾兵衛《じゅうべえ》、それに見島も、わたしには入りこめないところでわかりあっている気がして、少しうらやましい……」

　目を伏せて笑った葵がどこか寂しげに見えて、和狼はとまどう。

「総長」

「ごめんなさい」

　呼びかけをさえぎるように、葵が詫《わ》びた。まるで、和狼が何か言うのをおそれているようにも思える間だった。

「大事な局面で不覚をとるなんて、総長として許されないことだったわ。外来種の駆除は終わったと聞いているけど、五番隊の様子はどう？　負傷者がいたはずだけど」

「深傷《ふかで》ではありません。かすり傷です。あの僧の放った矢ではなく、外来種の棘《とげ》がかすっただけだということです」

　不意の襲撃に浮き足立って棘にやられた、という事実を知った五番隊隊長は、「そうですか。あれしきのことで動揺するとは、これはお仕置きと猛訓練が必要ですねぇ、ふふふふ」と不気味な笑い声をあげ、隊士たちを震えあがらせていた。

「あの僧は無常池に飛びこんだため、取り逃がしました。池の探索にもあたらせましたが、今も見つかってはおりません」

「そう……」

和狼の言葉に葵はうつむく。花粉を浴びせ、嬲《なぶ》るような言葉だけを吐きかけて消えた僧のことでも思い出しているのかもしれなかった。

「和狼、あなたにも世話をかけたわ。本陣まで運んでくれたのはあなただったそうね」

顔をあげた葵のまなざしから逃げるように、和狼はとっさに目をそらした。

葵の体に臥瑠名理阿人《ガリューメリア》と同じ痣が浮き出ていたという話は、見島に厳重に口止めをし、隊士たちには解毒処置が効いたために葵は回復したと伝えてある。

だが、痣のことや葵が絶息しかけたこと、はては自分が口移しに息を送ったことまで思い出すと、いまはあまり詳細を求められたくはない。

「大したことではありません。それより、私にお話とは何でしょうか」

和狼がそっけなくうながすと、葵は月あかりの中で表情を引きしめた。

「あなたをここへ呼んだのは、知っておいてほしいことがあるからよ」

意を決したような声の響きに和狼が思わず向きなおれば、葵が真摯《しんし》なまなざしでひたとこちらを見つめている。

「わたしに外来種の花粉の毒が効かなかったと、見島から聞いているでしょう？」

「……ええ」

歯切れわるく和狼はうなずいた。葵が話すその先を、聞きたくないと無性に思った。

「わたしの父親は、この陽源《ヒノモト》の者ではないわ。臥瑠名理阿《ガリューメリア》の男よ」

「しかし、飛龍《ひりゅう》家の当主は」

やはりという思いをこらえつつ、うめくように声を絞ると、葵は静かな声で答えた。

「わたしの母は十八年前、海都へ向かう旅の途中で異国の男に攫《さら》われたの。わたしはその時にできた子供だそうよ。だから、飛龍の父は本当の父親ではないの」

その行列は、けして派手なものではなかったという。

陽源《ヒノモト》国の玄北州《げんぼくしゅう》から出立した行列は、小身といえども貴族の姫を運んでいたのだから、小勢ではなかったのだろう。

にもかかわらず、吹雪《ふぶき》と呼ばれる美貌《びぼう》の姫は、わずかな隙をついて蒔絵《まきえ》もみごとな女乗物から姿を消した。

かどわかしたのは金の髪に蒼眸《そうぼう》をもつ大柄な鬼。――異国の男であったと聞く。

吹雪姫は、輿入《こしい》れのためにはるばる海都へと旅していたのだったが、誘拐ののち、その行方は杳《よう》として知れなかった。

姫が再び姿をあらわしたのは、それより一年ちかく後のことである。

海都にある縁者の屋敷をみずからの足で訪れた姫に、縁者はひどくおどろいたというが、それ以上におどろいたのは、姫がすでに身ごもり、産み月も間近だったことだろう。

姫の父親は、生まれた児《こ》をいずこかの寺へ預けて始末をつけるつもりでいたようだが、姫が訪れたのが輿入れ先に近しい者だったことから、姫の帰還は許婚《いいなずけ》の知るところとなった。

その、輿入れ先というのが飛龍家の当主、飛龍直賢《なおかた》である。

直賢は、胎《はら》の児ごと吹雪姫を迎えて妻としたのだ。

「このことは、母の実家と飛龍家のごくわずかな家人、それに蒼龍公しかご存知ないわ。わたしも七つになるまで知らされていなかったし」

葵はつとめて淡々と、飛龍家の内聞《ないぶん》にかかわる事情をあかした。

和狼はいつもの眉間《みけん》にしわを寄せたしかめ面《つら》のまま、合いの手を挟むでもなく聞いている。

同情や非難めいた言葉を口にしない和狼が今はありがたかった。

「総長は、どなたから事情をあかされたのです？」

和狼が問いかけたのは、ただひとつだった。

葵はまばたきほどの間、ためらって、みじかく答えを告げる。

「母からよ」

飛龍家の知行地にある屋敷は、山深い土地にひっそりと建っていた。

七つの歳《とし》、どうしても母に会いたいと懇願《こんがん》し、胸を高鳴らせてそこを訪れた葵は、はじめて母の声を聞いたのだ。

『もう二度と、ここへ来てはなりません』

抑揚のない声で告げられた時のことを、葵は忘れることはないだろう。

『そなたは鬼の子。あやまちによって生まれた罪の証《あかし》です。私たちが生きていられるのも御屋形様のお情けがあればこそ。飛龍家の姫などと、けして思い上がるのではありませんよ』

人形のように白い美貌をもつ母は、人形のように一切の表情を持たず、葵にすべて明かした。

それまでずっと、病のために母に会うことができないと聞かされていたのは方便だったのだと、葵はこの時に知った。

海都の屋敷に戻った葵が直賢に願い出て、剣術の師のもとへ旅立ったのは、それよりしばらくのちのことである。

「わたしが最初に剣を取った理由はね、外来種を狩るためではなかったの。母にあれほどの苦しみを与えて、わたしをこの世に産み出した臥瑠名理阿人《ガリユーメリア》のその男を斬るためだったのよ」

母に会うまで、己の容姿は人とはほんの少しちがうだけのものだったが、母に会ったあの時から、それは葵にとって忌《い》まわしいものになった。己の容貌が父親と似ているのか、あるいは似ていないのかはわからなかったが、母とはことなる色素の薄い髪や瞳《ひとみ》、そして外来種の毒を寄せつけないこの体はまぎれもなく、憎むべき父親から受け継いだものだったからだ。

葵が存在していることがまちがいだというなら、みずからの手であやまちを正す。父を殺し、返す刀で己を突けば、母は救われるかもしれない。幼いこころでそんなことを思い、みずからの髪を剃《そ》り落とそうとした葵を諭《さと》したのは、ほかでもない、剣の師だった。

「師はわたしに言ったの。そなたがそのような姿、そのような体で生まれてきたことには意味がある。それを知るまで、己の姿から目をそむけてはならない、って」

師の声は静かでも、ゆるぎないものだった。

「こんなふうに生まれてきたのは、わたしが選んだことではないけれど、でも、どんなふうに生きるかは、わたし自身が決められることだわ。わたしにしかできないことがあるなら、それを見つければいいと教えられて、わたしは外来種を狩ることを選んだのよ」

父の直賢は、口やかましく小言を言いながらも、いつも葵の意志を尊重してくれた。

剣を学びたいと煉獄山《れんごくさん》の庵《いおり》に向かった時も、山奥では必要ないような豪華な小袖《こそで》をたっぷり持たされ、庵にはひっきりなしに文《ふみ》やら菓子やらが届けられたから、みるみる使者の足腰が鍛えられ、たくましくなったくらいだ。たまに葵が飛龍家の屋敷に帰れば、たちまち琴やらお茶やらを習わされ、逃げ出せばとたんに直賢から雷を落とされた。

海都台場での戦いにもぐりこんだ時や、蒼龍公の命を受けて桜花衆の総長となった今も、直賢の態度は変わりない。血のつながらない娘に対するよそよそしさも、異人の血をひく娘への恐れや憎しみもなく、あくまでも飛龍家の姫、己の娘として扱う直賢に、葵はこれまで幾度《いくど》も救われてきた。

そんな葵にとって、父は飛龍直賢ただ一人だ。断じて、顔も知らない異国人などではない。

「わたしは外来種も、それを兵器として使った臥瑠名理阿《ガリューメリア》の人間も、許すことができないわ。でも、今でもいちばん憎いのは、わたしをこの世に生み出した男なのかもしれない」

あの僧に鬼の娘とののしられた時、一瞬、葵の頭に血がのぼった。

安易な挑発にまんまと乗せられたのは、どこかで迷いが生じていたからだ。

自分にしかできないことがあると言いきかせ、剣をふるってきたものの、本当は異人の父親への憎しみを、そのまま外来種への憎しみにすりかえただけではなかったのか、と。

父親を斬るために剣を手にした幼い時と、自分は何も変わっていないのではないか。

そんなことを思って、葵はわずかに身を震わせた。

母を攫った鬼がどこへ消えたのか、名前も、生死も、今もって定かではない。もしこの先、その男とまみえることがあったなら、剣を向けずにすむ自信が、今の葵にはなかった。

長いあいだ、沈黙をたもっていた和狼は、その瞳を葵に向け、口をひらいた。

「なぜ、私にそのような事情を明かされるのです。飛龍家の浮沈《ふちん》にもかかわる大事でしょう」

「あなたには知る権利があるからよ。桜花衆の副長として外来種と戦ってきたあなたには、わたしを裁く資格があるわ」

背筋をのばして立ったまま葵が見あげると、和狼は耳慣れぬ言葉を聞いたように眉を寄せる。

「裁く？」

「わたしに臥瑠名理阿《ガリユーメリア》の血が流れていることを明かせば、桜花衆の総長としての資格の是非を問うことができる。和狼の名をもつあなたは、本来、わたしの下で働くべき立場ではないのだもの。蒼龍公も、あなたが異を唱《とな》えれば、わたしの解任に応じてくださるでしょう」

葵の総長就任に、和狼が不満を抱いていることはわかっていた。

自分の働きぶりでそれに足る力を示せば、いずれ認めてもらえるのではないかと思っていたが、勇《いさ》む心が強すぎたのだろう。

外来種の駆除を何者かに妨害されたあげく、その賊《ぞく》の挑発にのってみすみす戦闘不能となり、和狼たちを危険に晒《さら》してしまった。和狼には、葵の責任を問う資格が充分にあるのだ。

「私に総長の座をお譲《ゆず》りになるとおっしゃるのですか」

和狼の声はかわいていた。

「それがあなたの望みではないの？」

どこか失望したようなその声と響きにいぶかりながら葵が問うと、和狼は一言吐き捨てる。

「ばかばかしい」

ひややかに目を細めると、和狼は皮肉めいた笑みを浮かべた。

激しているわけでも、いつものように声を荒らげるのでもなかったが、彼がはげしく怒っているのがわかって、葵はとまどう。

「あなたはそこそこものが見えているようだが、肝心《かんじん》なところは何ひとつおわかりではない。少しはましな総長かと思ったが、そんなばかげたことをおっしゃるとは、失望しました」

容赦《ようしゃ》なく告げられた言葉に葵が思わず絶句していると、和狼は少しばかり気まずそうな顔になり、視線をそらす。

「あいにく、現在の私は自分の立場に不満を抱いておりません。蒼龍公が私を桜花衆の副長に据えたのは、むしろ恩情だったと思っていますから」

「恩情？」

葵はまばたいた。蒼龍公と和狼公の間に確執があることは聞きおよんでいる。その和狼公の息子が、陽のあたらない役職に甘んじていることの、いったいどこが恩情だというのか。

不可解さが表情に出ていたのか、和狼は葵に向きなおると、軽く息をついて尋ねた。

「私の父と蒼龍公の関係が悪化した原因をご存知ですか」

「ええ」

いつだったか、厳次郎と話したことを思い出して、葵はうなずいた。

「たしか、十七年前の領地換えがきっかけだったと聞いているけれど」

獅神《しがみ》公は中央の獅京《しきょう》からけして動くことはないが、獅神公以外の四家は二代続けて同じ領地を治めることは許されておらず、代替わりにさいして領地を移らなくてはならない。

十七年前、先代の蒼龍公が亡くなったおりには、和狼の父が新領主に選ばれ、玄北州に移ることになった。そのため、それまで和狼公が治めていた青東州《せいとうしゅう》のあらたな領主として、現在の蒼龍公吉康《よしやす》が立ったのだ。

「当時、海都には臥瑠名理阿《ガリューメリア》の軍艦が押しよせており、開戦も間近という切迫した状況でした。非常の際を理由に領地換えを拒むこともできたが、父はそれをしなかった。結果として、未曾《みぞ》有《う》の危機に、蒼龍公にすべての責任を押しつける形でこの地を離れたことは事実です」

そう言って、和狼は瞑目《めいもく》する。

「海都の民や地臣たちの中には、和狼公は自分たちを見捨てたのだと、今なおお考えている者が少なくありません。そんな場所で、和狼の名をもつ私がもし大貴族づらをして城で政務についていたら、白眼視どころか文字どおり袋叩きに遭《あ》っていたでしょう」

その点、桜花衆は政治的なしがらみが少ないぶん、注目をあびることもなく、副長の立場であれば非難の矢面《やおもて》に立たされることもない。和狼家の嫡男を預かる立場としてこれ以上の場所はなく、蒼龍公の人事はけして不当なわけではないのだと、和狼は淡々と口にする。

葵はどこか目が覚める思いで目の前の男を見つめた。

厳次郎の話を聞いたこともあって、葵は心のどこかで、和狼は自分の立場や蒼龍公の人事に不満を抱いているものと決めつけていた。

けれど、みずからの置かれた立場を把握してなお、蒼龍公の人事を恩情と言ってのけるだけの強さと冷静さをこの男は持っている。総長として、最も信頼すべき相手をそのように見くびっていたのなら、和狼が葵に失望するのもむりはなかった。

「わたしの考えのほうがずっと不当だったみたいね。これじゃ、総長の座を追い落とされても文句は言えないわ」

自分の浅はかさに恥じ入って葵が言うと、和狼はそっけなく答える。

「おわかりいただけたのなら結構です。それに、どうせ総長の座を奪いとるなら、せめて私が認めるだけのお方となっていただかなくては、追い落とすにも張り合いがない」

「わたしていどではまだまだ、というわけね」

「おそれながら」

ちっともおそれていない顔で和狼は笑う。腹立ち半分、あきれ半分で葵が何も言えなくなっていると、和狼は表情をやわらげて言った。

「あなたは裁く資格とおっしゃったが、私も怒りにまかせてあの僧に斬りかかり、取り逃がしたという責任があります。裁けとおっしゃるなら私自身も処断せねばならなくなる」

「おたがいさまと言いたいの？」

「さあ？　あなたが八割、私が二割の責任といったところでしょうか」

ふてぶてしい顔で答える和狼に、それはそれで癪《しゃく》にさわる気がしていると、ひどく落ち着いた声で彼は続けた。

「あなたは総長ですよ、まちがいなく」

はっと顔をあげれば、和狼の目が葵を見おろしていた。

「散華刀をあつかう剣技ばかりか、外来種の毒すらその身に及ばないなど、花狩番《はなかりばん》の頭領にうってつけではありませんか。鬼の子だろうと人の子だろうと、私にはどちらでもいいことだ。ここではあなたのお力が必要なのですから」

ふだんのしかめ面からは想像もつかない穏やかな表情にしばし見入っていた葵は、やがて、ぽつりと言った。

「なら、わたしはまだここにいてもいいのかしら……」

「お辞めになりたいのでしたらどうぞ。ですが、私から解任を求めるつもりはありません」

そんな答えを聞いたとたん、ふいに泣きたいような、その場に崩れたいような気持ちがこみあげ、葵は言葉に詰まる。まるで、真剣を手に立ち合う時のような覚悟で自分がこの場に立っていたことに、葵はようやく気がついた。

「ありがとう、和狼。あなたがここにいてくれて、本当によかった……」

葵は顔をあげ、ふわりと笑った。泣き笑いのような、ひどい顔をしているからだろうか。和狼はこちらを見つめたまま、何も言わない。

ほっとしたとたん、全身を縛っていた緊張が糸のようにほどけた。

「——総長！」

ぎょっとしたように和狼が呼びかけ、葵を支える。しかしその時にはもう、葵の意識は闇の中へと放りこまれていた。

何の罰だこれは……。

崩れかけた葵の体を抱きとめたまま、和狼はその場から動けずにいた。

広縁はあいかわらず静かな月光が差しこんでおり、葵は腕の中で平和に寝息をたてている。

考えてみるまでもなく、葵がしびれ薬入りの花粉を浴びせられたことを和狼は思い出した。

一時は呼吸が止まるほどだったのだから、葵がいまだ薬の影響から回復していなかったとしてもふしぎはない。おそらく、さきほどまで立って話していただけでも、とてつもない精神力を使っていたのだろう。もっと早くに気づくべきだったと悔やんだが、葵が崩れるのにさえ、とっさに反応しきれなかったのだから不覚にもほどがある。

それもこれも、こちらを見あげ、ほほえんだ葵の顔を目にしたとたん、金縛りにでも遭ったように動けなくなったせいだ。

瞳にわずかに涙をため、口もとをほころばせた葵を見た時、和狼は自分の胸が奇妙にうずくのを感じた。それは、痛みというにはあまりに甘く、ふしぎと不快な感覚ではなかった。痛みはすぐに去ったものの、今は心臓のほうが不自然に暴れはじめている。

（まずい）

と和狼は思った。

葵の寝所はすぐそこだ。休ませるためにも運んでやるべきだということはわかっている。が、今の自分がそれをするのは、同時にとてつもなく危険なことのように思える。

進退きわまって動けずにいると、胸の中に飛びこむように倒れていた葵がわずかに身じろぐ。

そのぬくもりと、洗いたての髪の香を同時に意識したとたん、和狼は狼狽《ろうばい》した。

さきほど、葵に息を吹きこむために重ねた唇の感触がふいによみがえったからである。

（——忘れろ!!）

舌打ちとともに力まかせに傍《かたわ》らの柱を殴りつけ、やわらかすぎるその感触を頭から締め出していると、物音に目をさましたのか、葵がむくりと顔をあげた。

「いやだ……寝ちゃったのね」

寝ぼけ眼のまま、葵がぼんやりと呟く。

「総長、お憩《やす》みになるのでしたら部屋にお戻りください。こんなところでいきなり寝られても困ります」

動揺を強引に抑えこむと、和狼は平静をよそおった。

目をこすりながら葵はうなずく。

「ほんとにそうね、ごめんなさい。ちょっと気がゆるんだみたい」

「歩けますか」

「ええ、だいじょうぶよ。おやすみなさい。報告書は明日でいいから……」

葵はそれだけ言うと、のろのろと広縁を引き返していく。

和狼は葵の姿を見送ると、拳《こぶし》を袖《そで》の中に収めて、踵《きびす》を返した。

どうせ眠れやしないのだ。葵がうんざりする量の報告書でもしたためようと和狼は思った。

今夜の出来事を思えば、それくらいの意趣返しは許されるだろう。

六　和狼、変調

「女のコを思わず抱きしめたくなる瞬間は？」

満面の笑顔でそう問いかけられ、和狼《かずろ》は眉間《みけん》にしわを寄せた。

「なんだいきなり。腐《くさ》ったモチでも食ったのか、厳次郎《げんじろう》」

「やだなあ、ちがうってば！　コレだよコレ。今ちまたで人気の絵草子《えぞうし》『月刊　間男』の記事！」

厳次郎はそう言って、薄い綴《と》じ本《ぼん》をひらいてみせる。

「ねえねえ、和狼さんなら次のうちどれだと思う？
一、かわいい寝顔を見た時
二、うっかり裸をのぞいた時
三、はかなげな笑顔を見た時」
「死ぬほどくだらん!!」

和狼は厳次郎から綴じ本をひったくると床に叩きつけた。

「何すんだよぅ‼　発売したばっかなのにー！」

「おまえは、こんなもん読むひまがあったら仕事しろ‼」

地団駄《じだんだ》を踏んだ厳次郎に和狼はぶち切れる。

「だぁってここんとこサッパリ出動かからないんだもん。報告書だってぜんぶ終わっちゃってるしさー」

ちゃらんぽらんを絵に描いたような厳次郎だが、意外にも書類仕事は早い。

本人が優秀——なわけではなく、一番隊の隊士に切れ者がいるというだけなのだが。

いつものように和狼の部屋に上がりこみ、畳《たたみ》にごろんと横になった厳次郎を追い出す口実が思いつかない。桜花衆《おうかしゅう》はこのところ、それほどひまであった。

先日の天野無常池《あまのむじょういけ》のほとりでの事件いらい、外来種《がいらいしゅ》の大規模な発生はぴたりとやんでいる。

蒼《あお》い目をした僧もいまだに行方知れずだが、あのまま池に落ちて死んでいてくれればいいと身もふたもないことを和狼は思っていた。

というのも、あの事件からこっち、どうにも調子が乱れている気がするからだ。

原因はほかでもない、彼の上役、飛龍葵《ひりゅうあおい》である。

顔を見ればつい小言を言わずにおれないのだが、姿が見えなければ見えないで、何をしているのか気になってしかたがない。

結果、和狼のふきげんさはふだんの倍増しになり、眉間のしわは深くなり、隊士たちはおののいて近寄らない、というのが最近の桜花衆の状況であった。

「ちょっと出てくる」

和狼は文机《ふづくえ》の書類を片づけて立ち上がった。

「どこ行くのさー」

厳次郎がだらしなく寝そべりながら聞いてくる。

「大石川《おいしかわ》の植物園だ。今日は研修があったのを忘れていた。外来種の新種が出たという話だからな、総長にも行ってもらったほうがいいだろう」

こんな時は外にでも出たほうが気が紛《まぎ》れる、というのも理由のひとつだ。

しかし、厳次郎の次の言葉に和狼は足を止めていた。

「おかしらならいないよォ。なんかさっき拾兵衛《じゅうべえ》のやつと出かけたんだってさー」

ボクも連れてってくれれば良かったのにィ、とぶつぶつ言う声を聞くより先に、和狼は部屋を後にしていた。


「おかしら！　せめて応援がこっちに来るまで待ったほうがいいっスよ!!」

拾兵衛は切迫《せっぱく》した声で叫んだ。彼が構えているのは刃先を柄の中にしまいこめる短槍《たんそう》である。

刀剣のかたちをしていないが、これもれっきとした散華刀《さんげとう》だ。

「もう遅い！　これだけ花が開いてしまったら、じき隣家まで侵食される！」

葵は散華刀を抜き放ち、いさましく答えた。

二人がいる長屋のはずれの火除地《ひよけち》は、外来種の太い蔓《つる》でびっしりと埋めつくされていた。

外出先に向かうため、連れだって歩いているところで、運悪く発生に出くわしたのである。

「拾兵衛は茎《くき》を狙え。わたしは花をすべて落とす！」

葵は言うなり地を蹴《け》ると、生き物のようにうごめく植物へと飛びかかった。

「花を落とすったって、こんだけの数、どうやって……」

丸太ほどもある茎を槍の一閃《いっせん》で両断し、拾兵衛は背後を振り返り、息をのむ。

次の瞬間、血潮《ちしお》を噴くように紅《くれない》の花びらが散った。

葵の体は、まるでその肩に羽でも生えているのかと疑うほどの身軽さで花から花、茎から茎へと飛び移っている。

すさまじい速さで舞う剣と、吹雪《ふぶき》のように花びらが散るさまに、拾兵衛は戦闘中であることも忘れ、一瞬呆然と見入った。

彼が葵の働きぶりを見るのはむろんはじめてではない。

しかし、散華刀をふるう葵の姿はいつも舞うように華麗《かれい》で軽やかだったから、つい目を奪われずにいられないのだ。

とはいえ、この時ばかりは見とれているわけにもいかなかった。

葵の動きがなぜか不自然に鈍ったからだ。

「おかしら?」

葵の視線の先には、太い蔓に挟まれてもがく白猫の姿があった。足をとめ、蔓のすき間から猫を救い出した葵だったが、突如、鋭くとがった棘《とげ》が背後から襲いかかる。

「おかしらぁっ!!」

思わず飛び出した拾兵衛よりはやく、黒い影が立ちはだかった。その影は、一撃で棘を叩き落したかと思うと、残った花をたて続けに散らし、豪快《ごうかい》に主茎《しゅけい》を串刺しにする。

「……げ」

容赦《ようしゃ》のない始末ぶりとあざやかすぎる剣さばきは、拾兵衛が今いちばん会いたくない男のものだった。

黒羽織《くろばおり》のその男は降りかかる花びらをうるさげに払うと、ぎろりとこちらを向く。案のじょう、とんでもなく機嫌が悪い。

しかし、幸か不幸か葵のほうは、和狼の機嫌をさほど気にする性格ではなかった。

「ありがと、和狼。おかげでこの子も無事よ」

白猫を抱えあげ、桜花衆の総長はうれしそうにほほえむ。

和狼の顔が引きつるのを見て、拾兵衛は両耳をふさいだ。

「急に姿が見えなくなったと思ったら……いったい何をしてるんです、あなたは!!」

次の瞬間、特大の雷が落ちた。

本陣の小書院で、葵はいつものように和狼の小言を聞いていた。

「それで？　ことの起こりは何だったんです。おおかた、また新しい甘味屋でも見つけて鷹倉《たかくら》を引っぱり出したんでしょうが」

違《ちが》い棚《だな》とそのわきに軸《じく》のかかった床の間を背に、上座に座るのは総長の葵だが、下座の副長から懇々《こんこん》と説教を受ける図式というのは、すでに日常化しつつある光景である。

（少しはやさしくなるかと思ったんだけど……）

などと葵は内心ため息をつく。

先日の無常池のほとりでの外来種事件で、みずからの出生にまつわる秘密を明かした葵に、和狼は責めるでもなく、解任を要求するでもなく、総長の座に留まることを許してくれた。

鬼の子でも人の子でもかまわない、と言ってくれた和狼の言葉に、葵はようやく、剣を手にすることで紛らわせてきた心の痛みや葛藤《かっとう》が癒《いや》されてゆくような気持ちがしたのだ。

これで少しは和狼の態度もやわらいで、おたがいの関係も穏やかなものになるかと思っていたのだが、和狼は悲しいまでに今までどおりである。

（というよりむしろ、今まで以上にお説教の回数が増えてるような……）

とりあえず、嫌われていることだけはまちがいない。

敬意を向けるには不足でも、総長として認めてくれただけありがたいのだろう。

「聞いてらっしゃるのですか？　総長」

考えごとをしていると、和狼が苛立《いらだ》たしげに呼びかける。

「聞いているわよ。べつに甘味屋に行こうとしたわけじゃないわ。わたしはただ、拾兵衛に誘われて天樹《てんじゅ》の塔を見に行こうとしただけ」

「天樹の塔？」

天樹の塔とは海都《かいと》に最近造られた大櫓《おおやぐら》のことだ。櫓と言っても港に入る船のための灯台なのだが、選《え》りすぐりの職人たちによって造られた巨大なもので、街の新名所となっている。

「なんでも、天樹の塔の上からだと、海都湾の向こうの楠《くすのき》半島やら、明王山《みょうおうさん》まで見えるそうよ。すごいわよね」

「明王山ならそのへんの高台からでも見えます」

「和狼ったら、夢がないわね。高いところにのぼって景色を眺めるのって、鳥になったみたいで気持ちがいいじゃない」

「そうでしたね。煙とナントカは高いところが好きと言いますから」

「あら、それを言うなら鶏《にわとり》とナントカでしょう？」

「そんな言葉はありません」

「でも、師匠はいつもそう言っていたわよ。庵《いおり》で飼っていた鶏も高いところが好きだったし」

卵をとるために飼っていた鶏たちは、樹海の獣《けもの》に襲われないように、いつも身を寄せあって木の上で寝ていたものだ。

「そんなことはどうでもよろしい！　私は嫌味を言ってるんです‼」

「そうだったの？　気づかなかったわ」

膝《ひざ》の上の子猫を撫《な》でながらおっとり答えた葵を見て、和狼の口元がゆがんだ。

「まったく。よりによって鷹倉とそんなところへ行く必要はないでしょう」

なげかわしいと言いたげに息をついた和狼を見て、葵はまたたいた。

「どうして拾兵衛とだとだめなの？」

「あの男は信用なりません」

「でも、拾兵衛はいちおう隊長格だし、腕はたしかだと思うわよ。わざわざ追いかけて来るほどじゃないのに」

天樹の塔へ行く途中で外来種に出くわした時も、何とかしのげたのは拾兵衛が一緒にいたからだ。ふしぎに思って尋《たず》ねると、和狼はなぜか言葉に詰《つ》まる。

「それは……そうですが。今日は研修が入っていたものですから、総長にも参加していただこうかと思っていたんです」

「なんだ、そうだったの。てっきり、わたしが拾兵衛と二人で天樹の塔を見に行こうとしたものだから、一緒に連れていってほしかったのかと思ったわ」

出先で外来種を退治することなど今までにもあったのに、やけに説教がしつこいのは仲間はずれにされたせいかと当たりをつけると、和狼の顔が紅潮する。

「そういう問題ではありません。私はあなたの日頃の態度について申し上げているんです！」

「日頃の態度？」

葵が喉《のど》をくすぐると、子猫は膝の上でころんと寝返りを打ち、桃色の腹を見せる。それを見て、和狼はぴくりと眉を動かした。

「確かにあなたは腕が立つ。剣技だけなら桜花衆随一《ずいいち》でしょう。だからと言って、無謀なまねをしてもいいということにはなりません。今日のことがいい例です。あなたほどの使い手が、たかが猫一匹のために顔に傷までつくるなど!!」

「傷って言ったって葉っぱがかすっただけじゃない。こんなのすぐに治るわよ」

葵は治療された頬《ほお》に軽く手を当てた。

「いくら外来種の毒に抵抗力があると言っても、怪我《けが》をしていいというものではないでしょう。せめて応援の到着を待てなかったんですか」

「応援を待っていたら、この子は助からなかったわ」

葵はまじめな顔になって、膝の猫を見下ろした。丸くなっていた子猫は、葵の声に顔を上げ、大きなあくびをする。

「なんですか、そんなもの。白くてやわらかくて、腹や肉球が大福みたいにぷよぷよしているだけの生き物ではありませんか。ちょっとこちらによこしなさい」

「だめよ。まだおねむなんだから。起こしたらかわいそう」

「大丈夫です。もう起きました」

「でも、和狼の着物は黒いから白い毛がつくと目立つわよ」

「かまいません。あとではたきます」

「でも、和狼の顔はこわいからこの子がこわがるかも」

「膝にのせるだけです。こわがりません」

「えー…でも」

「十秒でいいから！　触らせなさい！」

「ああ、ほら、こわい顔するから嫌がってる」

「せめてひと撫で!!」

総長と副長が、揃《そろ》ってもふもふした生き物に目がないとわかったのは、この時のことである。

そのころ、三番隊隊長の鷹倉拾兵衛は、善良な海都市民の声に耳を傾けていた。

「だからな？　オレたちの仕事はあくまで外来種の対処で、庭の草刈りとか、隣の塀《へい》から伸びてきた枝を切ってくれとか、そういう苦情をここで言われても困るんだよ。わかるか？　わっかんねーかなぁ」

縁先《えんさき》にしゃがみこんで、拾兵衛はもどかしげに頭をかく。

彼の前にいるのは、絣《かすり》の着物を着た六つかそこらの子供で、大きなくりくりとした瞳《ひとみ》におかっぱ頭のかわいらしい女の子である。

桜花衆本陣屋敷の玄関には、外来種発生の訴えを受けつけるための当番所があり、そこに隊士たちが詰めているのだが、子供はそこへ行かずに、迷いこんできてしまったらしい。

「だって、おばあちゃんが、ここならヒマを持て余した若い男がたくさんとぐろを巻いてるから、力仕事なら手伝ってくれるって」

「ヒマなんて持て余してねぇよ。何だ、とぐろ巻いてるって。蛇《へび》じゃあるまいし」

「だってお兄ちゃん、今鼻ほじってた」

「ほじってねえよ」

「あくびもしてた」

「してねえって」

「足の裏の匂いかいでウエッって顔もした」

「なんだおまえ、いつから見てた」

「せっかくおかしらと二人きりになれるはずだったのに、ちくしょうあの野郎って言ってた」

「言ってねえよ。ちくしょうあの説教小姑《こじゅうと》のムッツリ野郎って言ったんだ」

「説教小姑ってのは誰のことだ？」

血も凍るような低音で問われ、拾兵衛はその場に固まった。おそるおそる振り向けば、縁廊《えんろう》には黒羽織の男が殺気をまとってこちらを見下ろしている。

「いやー、副長。おかしらへの説教……じゃなかった、お話はもういいんで？」

へらへらと愛想笑いを浮かべる拾兵衛に、和狼は低く答えた。

「外来種を処理することになった経緯を伺っていただけだからな。もう済んだ」

「あー、そうスか。なんか着物が白い毛だらけスけど、どうしたんスか？」

「総長が救出した動物を検分しただけだ」

「はあ。顔のミミズ腫《ば》れも検分のせいスか。なんか血ィ出てますけど」

「これは血じゃない。心の汗だ」

拾兵衛が指摘すると、和狼は咳払《せきばら》いをしながら手の甲で顔の血をぬぐう。

「それよりそこの子供。草むしりと庭木の剪定《せんてい》を頼みたいそうだな」

おもむろに問われた子供は、びくりと肩を震わせつつも、おずおずと頷《うなず》く。

「ほかの隊士は皆多忙だが、そいつならいつでも貸し出してやる。掃除でも洗濯でもばあさんの肩もみでも、好きなだけこき使え」

「ほんと？」

眼力だけで辻切《つじぎ》りを撃退したなどという逸話を持つ桜花衆副長ににらまれ、幼子は涙目でこくこくと頷く。

「俺は二十一だ。次におじちゃんなどと呼んだらただではおかんぞ」

「ありがと、おじちゃん！」

しかし、笑顔を向けた子供が見たのは、刃のごとき和狼のまなざしであった。

子供の声と拾兵衛の悲鳴が重なる。

「何言ってんスか副長！」

「ちょ、副長‼　こんなガキんちょにマジ恫喝《どうかつ》とかやめてくださいよ！」

「面倒見のいいことだな。情が移ったのなら雑用にもさぞ身が入ることだろう」

子供をかばった拾兵衛に言い捨てると、和狼は身を翻《ひるがえ》し、縁先から去っていった。

「……なんなんだよ、まったく」

「和狼はこの子に嫌われてご機嫌ななめだったのよ。災難だったわね、拾兵衛」

額《ひたい》の汗をぬぐっていると、からりと障子戸《しょうじど》があいた。続いて現れたのは、白い子猫を抱いた小袖姿《こそで》の少女だ。

「ご機嫌ななめって、そんなかわいらしいノリじゃなかった気がしますが」

「なら、わたしが和狼に黙って屋敷を抜け出したものだから、怒ってるのね」

延々と説教を聞かされた後のわりに、そう言った葵の表情はけろりとしている。

「んなこと言ったって、おかしらは今日は公務は休みじゃないスか。植物園の研修なんか別に今日でなくてもいいってのに、急に副長が言い出したって話だし」

あぐらをかいて拾兵衛はふてくされる。

「でも、研修も大切よ。このところ、海都に突然変異の外来種が出てくることがあるようだから、新種の情報や研究成果はこまめに聞いておかないと」

「休みの日に聞く必要あるんスか」

「和狼はわたしが頼りないものだから、仕事を覚えさせたいんだと思うわ」

葵は猫を撫でながらのんびり答える。

「どーすかね。オレには個人的な恨みも入ってる気がしますけど」

「個人的な恨み？」

和狼の機嫌が悪いのは、こっそり葵を連れ出そうとしたせいだろうと拾兵衛は踏んでいた。

葵が桜花衆の総長となって以来、はじめのうちこそとまどったり不安視する者が多かったが、外来種発生のたびにその手腕を示し、陣頭に立って散華刀をふるう姿に、隊士たちの葵に対する見方もだいぶ変化している。

それは、好意的というより、ほとんど心酔していると言ったほうがいいくらいで、隙《すき》あらば葵に声をかけてもらおうとしたり、二人きりになる機会を狙っている者も少なくない。

ちなみに、拾兵衛もその一人である。

剣を取らせれば鬼のように勇ましいのに、ふだんはおっとりした美少女なのだから、隊士たちの反応も至極もっともなことだ。

しかし、拾兵衛はじめ、隊士たちの不埒《ふらち》なこころみは今のところ、ことごとく一人の人物によって阻《はば》まれていた。姫頭領の番犬よろしく、常に目を光らせている、あの副長である。

とはいえ、そんな水面下の攻防について、わざわざ葵に言うまでもない。

こんどこそあの男の目を盗んで葵と二人きりで出かける方法は何かないかと思案していると、

「っくしゅん！」

というくしゃみの声が届いた。見れば、葵が口もとに手をあてている。

「おかしいわね。猫の毛のせいかしら」

「副長も咳してましたよ。鑑定方《かんていがた》で見てもらったほうがいいんじゃないスか」

「わたしならだいじょうぶよ。それより拾兵衛、いつまでその子、待たせるつもり？」

拾兵衛は視線を落としてぎょっとした。すっかり忘れていたが、おかっぱ頭の女の子は、なおもひざに取りついたままだ。

「何だ、帰ったんじゃなかったのか⁉」

「さっきのおじ……お兄さんが、いくらでもこき使えって言った」

「ええ⁉　いや、あれは言葉のアヤだから。草むしりは誰か別の奴《やつ》に」

「使えって言った！」

逃がすまいとするように、女の子ははっしと拾兵衛にしがみつく。

「だめよ拾兵衛。町のみなさんに愛される桜花衆にならなきゃ、いざという時に協力してもらえないんだから」

「おかしら‼」

「さあ、行ってらっしゃい」

にこにこと、抱えた猫と一緒に手を振られ、拾兵衛は幼子に引きずられるように本陣から去っていったのだった。


「どうしたの和狼？」

その日の夜。小書院で報告書に目を通していた葵は、控えていた和狼が額を押さえているのに気づき、書類を置いた。

「具合でも悪いの？　見島《みしま》を呼びましょうか」

鑑定方の医師を呼ぼうと腰を浮かせた葵を、和狼は手を挙げて止める。

「いえ。夕方あたりから少し頭痛がしているだけです。どうぞそのままで。大したことはありませんから」

「でも……」

「お続けください。今夜中に報告を頭に入れていただかなくては、私が困ります」

強く言い張られ、葵はしぶしぶ文机《ふづくえ》に向き直り、広げられた書類を手に取った。

「……外来種に変異種が増えたという話は聞いていたけど、だいぶあるのね」

ここひと月に発見・駆除された外来種の一覧をながめて葵が呟《つぶや》くと、和狼はうなずいた。

「はい。花の種類は千差万別ですが、毒性が弱まっていることは確かです。駆除にはあいかわらず散華刀の力が欠かせませんが、以前のような命に関わる毒ではなく、一見それとはわからぬような、奇妙な症状が出ているとかで」

大したことはないという言葉は本当なのか、和狼の表情は落ち着いている。

「奇妙っていうと、どういうこと？」

「たとえば、饒舌《じょうぜつ》な者が急に人が変わったように無口になったとか、怒りっぽい者が上機嫌で過ごすようになったとか」

「ひょっとして、このあいだ天野山で会った白虎屋《びゃっこや》のご主人も？」

葵は一覧から顔をあげた。外来種騒ぎいらい、人が変わったように性格が丸くなった、というので念のため見島に診察と周辺の調査を頼んでおいたのだ。

「ええ。時間がたっているせいか、白虎屋の店主から外来種の花粉を検出することはできなかったのですが、天野の白虎屋のそばで発生した外来種も、やはり変異種だったとのことです」

「でも、白虎屋のご店主を見たかぎりだと、そんなに困った症状でもないようね。悪いほうへ性格が変わるようなら問題だけれど……」

　葵が首をかしげていると、和狼がためらうようにうつむく。

「どうしたの？」

「天野の白虎屋のそばで調査したさい、見島が、地中に埋まっていた硝子壜《ガラスびん》を発見したそうです」

　かたい声で告げた和狼に、葵は一瞬息をとめた。

「……なら、変異種が増えているのも、あの僧が関わっているというの？」

「まだ決まったわけではありません。あの時の僧の正体もいまだに不明のままですから」

　和狼は慎重にそう言って目を伏せる。

　あの無常池のほとりで葵たちを襲った僧は、異国人だったようだと、葵は和狼から報告を受けていた。地の底から響くような抑揚《よくよう》のない声と、挑発するような笑みを思い出せば、今も怒りに体が震える。あの僧は葵をばけものと呼び、外来種をあわれんだのだ。

「あわれな花……たしかあの僧はそう言っていたわね」

　葵がぽつりと呟くと、和狼ははっとしたように視線を向ける。

　唇《くちびる》を引き結び、あの時のことを思いだしていた葵だったが、沈んだ気持ちを切りかえるように頭を振り、表情をやわらげた。

「でも、言われてみれば、たしかにこれほどあわれな花もないかもしれないわね。毒のせいで忌《い》み嫌われて、片端から散らされるんだもの。花自体は豪奢《ごうしゃ》で人目をひくものも多いのに」

花粉の毒をもちいるため、海都に外来種を撃ちこんだ臥瑠名理阿《ガリューメリア》のやり方は今も許せない。

花粉の毒で命を落とした者、傷ついている者を見ていればなおさらだ。

けれど、父親への憎しみを、外来種にぶつけてきた自分に気づいてしまったためだろうか。

葵の中で、以前ほど外来種それ自体への憎しみは持てなくなりつつあった。

そんな感情は桜花衆の総長として許されるのだろうかと自問しながら、葵は変異種の一覧に再び目を落とす。

「あら、この青薔薇《あおばら》。八重《やえ》の花弁に澄んだ香りだそうよ。毒さえなければ、いっせいに咲きほころぶところはきれいでしょうね」

まっさおな薔薇がいちめんに咲きほこる光景を想像して、葵は目を細める。

てっきり不謹慎なと怒られるかと思ったが、和狼は低い声で微かに笑った。

「……あなたなら、そうおっしゃるのでしょうね」

葵は絶句する。いつもなら、ここで小言の雨が降りそそぐところだ。

「怒らないの？　外来種をあわれだなんて言ったのに」

「花粉の毒は確かにいまいましいですが、花に罪はありませんので」

無骨が黒い着物を着て歩いているような男の雅《みやび》な発言に、葵は目を丸くする。

「意外ね。和狼がそんなこと言うなんて」

「失礼な。私にだって、美しいものを美しいと思う心くらいはあります」

むっとした顔で反論した和狼だったが、ふいに息を詰まらせ、咳込みだした。

「だいじょうぶ⁉　やっぱり平気じゃなかったじゃないの‼　いま見島を」

口元を覆って苦しげに咳込んでいる和狼に駆け寄り、葵は背中をさする。医師を呼びに部屋を出ようとすると、葵の手首を和狼の手がとらえた。

「和狼……？」

けげんな顔で葵が見あげると、和狼はひどく澄んだまなざしを向ける。

「必要ありません。落ち着きました」

「そんなこと言って、ひどくなったらどうするの。て……ちょっと、和狼？」

手首を引き、抱き寄せられ、和狼の胸に飛び込む格好になった葵はうろたえた。もがきながら体を起こせば、そこにはぎょっとするほど間近に和狼の顔がある。

「ほら、もう何ともないでしょう？」

その表情はふだんでは考えられないほど甘く、問いかける声もひどくやさしい。

「そ、そうみたいね。何よりだわ」

かろうじてうなずいたものの、葵の内心は動揺の嵐だった。

（和狼といえばお説教、額に青筋といえば和狼というくらい、ご機嫌ななめが和狼の本領なのに。どうしたことかしら）

などと考えていると、和狼の腕に力がこもり、静かな声が耳元に囁《ささや》きかける。

「私にも美しいものが何なのかくらいわかります。たとえ……蒼龍《そうりゅう》家に連なる者とわかっていても、あなたの剣に心奪われてしまった時のように」

「え？」

「一年前、海都台場《だいば》の第三戦役《せんえき》で、散華刀を振るうあなたを初めて見ました」

「ああ、あのとき……」

「あの夜のあなたは、まるで剣と花の申し子のように美しかった。あなたが身を翻すたび、大《たい》輪《りん》の百花がくるおしく花弁を散らす……あのように華麗な剣を、俺は見たことがありません」

「そ、それはありがとう」

赤面しそうな賞賛に葵がぎこちなく礼を言うと、和狼の手が頬にそっと触れた。

「あなたがこの桜花衆の総長に就任したと聞いて、俺がどれほど心乱されたか。いつもそばにいることで、この気持ちを抑《おさ》えるのにどれほど苦しんだか、あなたにわかりますか？」

「ええと……」

近すぎる距離と甘すぎる雰囲気《ふんいき》に葵は硬直する。たしか先ほどまで、至極まじめな話をしていたはずだ。それがなぜ、こんな状況におちいっているのだろう？

「あなたのこの唇が俺の名前を紡《つむ》ぐたび、どれほど胸を締めつけられたことか」

「あの……和狼？」

落ち着かせるつもりで呼びかけた声は、今の和狼には逆効果だったらしい。

「おたがいの立場は、今はお忘れください。この瞬間だけでも、俺を一人の男としてあなたに見ていただきたいのです」

「……っ、かっ、和狼⁉」

流れるような動作で畳《たたみ》の上に横たえられ、葵はさすがに動転した。黒い影が葵に覆いかぶさり、熱をおびた瞳がいとおしげにのぞきこむ。落ちかかる和狼の髪が、葵の首筋をやわらかくすぐった。

「どうか今だけ、あなたを葵姫と呼ぶことをお許しください。少しでも俺へのあわれみを感じるなら、せめてこの気持ちを受け入れていただきたいのです」

いきなり押し倒された衝撃で、しばし固まっていた葵だが、やがて小さく息を吐くと、観念して和狼を見上げた。

「そうね、わかったわ。ほかのみんなの前ではだめだけど、二人きりの時はそう呼んでくれてかまわないわ」

葵の言葉に、思い詰めたような和狼の顔がほっとゆるみ、微笑がこぼれる。

「姫……葵姫」

甘い菓子を味わうようにその響きを舌で転がすと、和狼の気配が間近にせまる。

「和狼……」

吐息を顔に感じながら、葵はゆっくりまぶたをおろした。

「御免《ごめん》!!」

和狼に両腕をからめると見せて、葵は次の瞬間、その首に手刀《しゅとう》を叩き込んだ。

「……!!」

不意をつかれ、副長の体がぐらりと傾く。声もなく意識を失った和狼を見て、葵は一人、額の汗を拭《ぬぐ》ったのだった。


「ばっちり陽性の反応が出ております。外来種の毒に間違いありませんね」

「あ、やっぱり?」

試験紙を見て診断を下した見島に、葵はあっさりうなずいた。

診察室の診療台には、和狼の体が横たえられている。

「ふだんの和狼が口にしないようなことばかり言うから、おかしいと思ったのよ。押し倒された時はさすがにどうしようかと思ったわ」

「おかしらが組み敷かれてるのを見た時は、私もどうしようかと思いましたが」

どうしようかと思ったわりに、動揺のかけらも読みとれない眠たげな顔で見島は言う。

葵の体の秘密は、今のところ和狼と見島以外には知られていない。

　そして、葵が臥瑠名理阿人《ガリユーメリア》と同じく外来種の毒の効かぬ体だと知った時も、見島はやはり同じような顔で『おかしらは……めずらしい体質をお持ちのようですな』と言っただけだったのだ。この医師だけは、いくらつき合っても何を考えているのかわかる気がしない。

「だって、和狼が重くて動けなかったんだもの。それでも何とか障子のそばまで這《は》っていったのよ？　着物の裾《すそ》ははだけるし、帯《おび》は解けるし、ほんとに困ったわ。助けを呼んだのに、覗《のぞ》きに来た拾兵衛はあわてて逃げちゃうし。見島が来てくれなかったら朝まで動けなかったかも」

「変異種に関する資料が残っていたもので。それにしても拾兵衛どのも災難でございました。さぞや肝《きも》をつぶしたことでしょう」

「どうしてわたしじゃなくて拾兵衛に同情するのかしら」

　釈然としない顔になった葵だが、気を取り直し、眠っている和狼を見下ろした。

「それより、和狼の毒は抜けそう？」

「症状から見て、変異種の毒ということはわかりますが、くわしい鑑定をしてみないことには何とも言えませんね」

　見島は検査紙を手に事務的に答える。

　その時、診察台に横たわった和狼がわずかに眉をしかめ、目を覚ました。

「和狼！　気分はどう？」

「私は、いったい……」

「外来種の毒が入ったみたいなの。さっきまでのこと、思いだせる？」

葵が尋《たず》ねると、和狼は額を押さえた。

「おぼろげにですが。まるで、得体の知れぬ何者かに乗っ取られているように、身体《からだ》が言うことをききませんでした」

「ごめんなさい、殴ったりして。つい気が動転してしまったものだから」

「いえ。私のほうこそ、総長に失礼なまねをしたようで、申し訳ありません」

和狼はゆっくり体を起こすと、葵から見島に視線を向けた。

「外来種の毒というのは昼間のものか？　体についた花粉なら、本陣に戻った時に洗浄したはずだろう」

問われた見島はおもむろに手を上げ、不可解そうな和狼の顔を示す。

「おそらく、原因はこれですな」

「これ？」

見島が指さしたのは、和狼の顔にきざまれた、子猫の引《ひ》っ掻《か》き傷だった。

「おかしらが猫を連れ帰った時、毒の検査をして洗浄を行いましたが、爪の間にごく微量の花粉が残っていたようですね。鑑定方の不手際《ふてぎわ》です」

見島は恐縮したように頭を垂れる。

「洗浄が徹底していなかったのは問題だが、今は毒性の鑑定と解毒が優先だ」

「変異種のものらしいけど、いったいどういう種類の毒なのかしら」

そう言った和狼と葵の前で、見島はやおら検査結果を記した料紙《りょうし》をめくった。

「副長の様子やおかしらの証言を鑑《かんが》みると、女性に反応する毒かもしれません」

「どういうこと？」

「つまり、女性を前にすると辛抱たまらなくなり、口説《くど》き落として押し倒してしまう、といったような毒ではないかと」

淡々ととんでもないことを口にした見島に、和狼は思わず声を荒らげた。

「そんなふざけた毒があるのか⁉」

「なにせ、外来種の毒といったら千差万別ですからな。まして変異種のものなら何が起きても不思議ありません」

「だが、今は別に何ともないぞ」

葵をいちべつして、和狼は反論する。

「経過を観察してみないと確かなことは言えませんが、何かのきっかけによって発症する毒なのではありませんか？」

「きっかけとは何だ」

うさんくさそうに見島を睨《にら》んだ和狼の隣で、葵は顎《あご》に手をあてて推理する。

「ひょっとして、二人きりになったのが原因じゃないかしら。報告書を読んでいた時、和狼とわたしだけだったし」

「考えられますね。今は私という第三者がおりますから。あとで実験してみましょう。おかしら、ご協力を願います」

見島の発言に和狼はぎょっとした。

「ちょっと待て。そんないかがわしい毒の実験に総長を巻き込むな！」

「でも、桜花衆に女はわたしだけだし、毒性の鑑定は必要よ。心配いらないわ。今度は最後までがんばるから」

「そんなところでやる気を出さなくて結構です！」

闘志を燃やした葵を止めると、和狼は自分を落ち着かせるように息を吐いた。

「そもそも、今回の件は私に責任があります。桜花衆の副長ともあろうものが、こんなまぬけな理由で毒にやられるなど、いっそ腹を切って詫《わ》びたいくらいの失態です。それもこれも、あの白いもふもふの誘惑に抗《あらが》えなかった私の罪……」

沈痛な表情で独白する和狼を見て、葵もふっと遠い目をした。

「それなら、わたしにも責任があるわ。あの子を連れ帰ったのはわたしだもの。あの白い毛並みを見ていたら、抱っこしてのどをごろごろ言わせたり、もちもちなお腹を撫でさすったりしたくなるのも当然よ。しいて罪があるとすれば、あの子があんまりかわいいせい、かしら」

「確かに。白いあんちくしょうの魅力には、誰も逆らえないのかもしれません」

「では、おふたりの見解が一致したところで、こやつは罪一等により猫鍋《ねこなべ》にでもしますか」

ひょいと首の後ろをつまんで見島が持ち上げたのは、くだんの白い子猫である。

「だめよ!!」

「いかん!!」

見島の提案を却下すると、葵は白猫をすかさず奪い返し、和狼は拳《こぶし》を震わせた。

「そんな鬼畜《きちく》の所行《しょぎょう》を許すくらいなら、俺が切腹したほうがましだ！」

「そうよ！　かわりに和狼が切腹するわ！」

どさくさにまぎれて、葵もかなり血迷ったことを口走っている。

「でしたら、この件はどのように処理いたしましょう」

冷静に問われ、和狼と葵は顔を見合わせた。


鑑定方見島医師監修のもと、まずは過酷《かこく》な実験がおこなわれることとなった。

「ねえ見島、これってほんとうに実験？」

声をひそめ、葵は尋ねる。

和狼の部屋からは人の話し声がもれ聞こえていた。

「むろん実験でございますとも。女性と見まごう外見をした厳次郎どのと二人きりになった時、はたして副長がどのような反応をなさるか、重要な実験です」

見島は指を舐めると、おもむろに障子にぷすりと穴をあける。

手には記録を取るための紙と筆。目はこれ以上ないくらい穴の向こうを凝視している。

「それにしても、のぞくという行為はなぜこうも人を興奮させ、ときめかせるのでしょうね。穴のむこうに広がっているのはいつもと変わらぬ日常だというのに」

などと呟きながら、見島はすさまじいいきおいで用紙に記録を取り始める。

「そろそろ何か変化が起きないかしら」

葵も見島の背後からひょこっと穴のむこうをのぞいてみたが、さっきから聞こえてくるのは厳次郎のだらけきった声だけだ。

「ねーねー和狼さん。じゃあこっちの特集記事はー？　女のコを押し倒したくなるのはどんな時？　次の三つから答えよ、だってさー」

足をぴょこぴょこ動かしながら、うつぶせに寝そべった厳次郎は、『月刊　間男』なるふざけた絵草子を読んでいる。和狼は文机に向かったままだが、よく見ればその肩が震えていた。

「激しい欲情をこらえておいでなのでしょうか」

目をかがやかせ、どこかわくわくしたように見島は呟くが、葵は首をひねった。

「というより、ものすごく怒っているように見えるのだけど……あ」

のぞき穴のむこうで和狼がおもむろに立ちあがり、葵たちののぞいている障子をいきおいよく開け放つ。

「こんな実験で何がわかる!!」

鬼の形相でどなる声にも顔色を変えず、見島は書きつけの隅《すみ》にバツを書いた。

「厳次郎どのには反応ナシ、と」

「やっぱり女の人じゃないとだめなのかしら？」

葵が考えこめば、見島はもの足りなそうに書きつけを見おろす。

「できればおかしら以外の女性でも実験したいところですが」

「そんなまねができるか！」

「それに、ほかに女というと、桜花衆にいるのは通いの女中だけよ？」

「たしかに、使用人に手を出したなどという噂《うわさ》が流れては、外聞《がいぶん》にかかわりますな」

和狼、見島が縁側で顔を見合わせて思案する中、葵が手を打った。

「とにかく、今は解毒薬を作るのが先決よ。それまで和狼のことはわたしが引き受けるわ」

「総長にそのようなことをさせるわけには……！」

反論しかけた和狼を口もとに指を立てて黙らせると、葵は声を落とした。

「これもかわいいあの子のためよ。和狼だってあの子を猫鍋なんかにしたくないでしょう？

解毒薬ができるまで、このことは隊士たちには内密に。いいわね？」

「そういうことでしたら……」

不本意きわまりない顔で、しぶしぶ和狼は承諾する。

「まあ、今回は毒性もたかがしれてますし、命に別状もなさそうですからね。解毒薬ができるまで、おかしらは存分に副長に口説かれていてください」

「がんばるわ」

白衣で眼鏡を拭きながら言った見島に、葵は真剣な顔で拳をにぎった。

「ねーねー、実験て何のことォ？」

ひそひそと密談する三人の背後で、厳次郎が畳に転がりながら、のん気な声をあげていた。


「だ、だめよ和狼。こんなところで……」

葵の声がたよりなげに書院に響く。

「申し訳ありません。こうしていないと何やら落ち着かないのです」

「だからってもし人が来たら……あ」

「お許しください、姫……」

などというやりとりは、さきほど来客を迎えるため、小姓《こしょう》が席を外した直後より始まったものである。

第三者（小姓・松之助《まつのすけ》）がいる間は、あくまで総長・副長という立場にふさわしい距離を置いて座っていた二人であるが、邪魔者《じゃまもの》がいなくなったとたん、事務的かつ硬派な雰囲気は一変し、室内には限りなく桃色な空気が立ちこめていた。

いつの間にやら、ほそい葵の体は広い胸に抱き寄せられ、その手はしっかりと和狼にとらわれている。

（困ったわね。二人きりになったとたんにこれだもの。かと言って、ほかの隊士たちに毒のことが知られれば、和狼のことだから切腹して責任を取ると言いかねないし。ことを収めるために、あの子猫も猫鍋にされてしまうかもしれないわ）

和狼の発情……もとい、口説きの病に対処すべく、葵は現在、孤軍奮闘中であった。

「けさの香はまた一段とかぐわしいですね。着物の色によく似合います」

「和狼はわたしの着物や香になんて興味ないと思っていたわ」

「あなたがお召《め》しになっていたものなら、一枚残らずこの目に焼きついておりますよ。この着物は、はじめて桜花衆の本陣を訪ねていらした時のものでしょう?」

藤《ふじ》の花が描かれた振袖《ふりそで》は、確かに葵が最初に桜花衆へ来た時に着ていたものだ。

「すごいわ、ちゃんとおぼえてるのね」

葵が感心すると、和狼は目を細める。

「忘れるはずがありません。あの日、桜の花びらが舞う庭で、剣の稽古《けいこ》をしていた俺に、あなたは袂《たもと》から手巾《しゅきん》を取り出して渡してくださいました」

「そうだったかしら」

「お返ししようと思いつつ、手放すことができずに今もこの懐《ふところ》に忍ばせております。女々しいとお笑いになりますか？」

「べつに笑ったりはしないけど。あら？　ほんとに手巾がある」

和狼の懐に手を差し入れてみた葵は、そこに手巾を見つけて目を丸くした。

「いけない姫君ですね。そのようなところに手を入れるなど……俺をためしておられるのですか？」

葵から手巾を取り戻すと、笑みをふくんだ声で囁《ささや》き、和狼は葵の手のひらに口づけを落とす。艶事《つやごと》めいたその仕草に、葵は改めておどろきを覚えた。

（これがあの、堅物で融通がきかなくてお説教好きの和狼かしら。よほどの毒が総身に回っているのね）

二人きりになるとたんに視線が熱っぽくなる和狼だが、第三者が同席していると毒の効果は発現しにくいようだ。また、葵がこの数日、体を張って実験した結果、何か気を紛らわせるもの（例：和狼の好物・白虎屋の羊羹《ようかん》など）を与えておけば食べている間だけおとなしくしていることなども判明している。しかし、この流れでいくと、また押し倒されかねない。

（羊羹はさっき食べてしまったし、何か和狼の気を紛らわせるもの……そうだ。確かこの辺にあれがあったはず!!）

葵は袂に手を入れると、まるで護符《ごふ》のように和狼の眼前にそれを突きつけた。

「ほ～ら和狼、ご覧なさい」

取り出したるは棒先に丸い太鼓《たいこ》のついた、でんでん太鼓である。

「ここにおもしろいものがあるわよぅ。ほらー楽しいでしょう？」

でこでこでこ……と、目の前で陽気に太鼓を鳴らされ、神経を逆なでされたのか、和狼のこめかみに青筋が浮く。

「俺は赤ん坊ではありません」

「気に入らない？　叔母上《おばうえ》のところの鶴丸《つるまる》ぼうやにと思って買ったのだけど」

「子供がつくりたいのでしたらいつでも協力してさしあげますが」

「和狼ったら、その発言はいろんな意味で切腹ものよ」

「かまいません。あなたが俺のものになってくださるのなら、よろこんで何度でも腹も切りましょう」

「魚をさばくんじゃないんだから……」

抱きよせる腕からさりげなく逃れようとはかったが、それより早く和狼は葵の顎をとらえ、仰向《あおむ》ける。葵がわずかに顔をこわばらせると、和狼の涼しげな目が満足そうに細められた。

「かわいいですね、姫。笑顔の時もかわいらしいが、そういう顔を見ると、もっと困らせて泣かせてさしあげたくなる」

「和狼がそんなにいじわるだと思わなかったわ」

「今頃お気づきになったのですか？　あなたはとっくにご存知かと思いました」

「お説教好きなのは知っているけど、そんなことを言う和狼は知らないわ」

「でしたら、これからもっといろいろな俺を教えてさしあげますよ」

葵が答えるより早く、和狼は顔をかたむけ、唇をかさねようとする。

「おかしら、よろしいですか」

「ま、松之助⁉　いいわよ開けて」

あわやというところで部屋の外に小姓が戻り、葵はとっさに拳を突き上げた。

「ただいま次の間にお客様をお通し……あれ？　副長はいかがされたのです」

どんぐり眼《まなこ》が愛らしい小袖袴の少年が、室内に目をやってきょとんとする。

葵のいる場所から少しばかり距離を置いた畳の上には、顎に鉄拳を食らった和狼が仰向けに転がっていた。

「和狼はちょっと気分が悪くて横になっていたのよ。そうよね和狼。ぐあいはどう？」

「顎が割れたようにずきずきします」

「まあ大変。病気かしら。もうしばらくあちらで休んでいたほうがいいわよ。お客様はわたしに任せてちょうだい」

葵は大げさにあわてると、和狼を書院から追い出したのだった。

「おや副長。どうしました？　また生傷《なまきず》が増えたようですが」

すこぶるふきげんそうな顔で鑑定方の診察室を訪ねてきた和狼を、見島はあいかわらず眠そうな目で迎えた。

毒の効果が出ている間は、まるで別人格に乗っ取られているような和狼だが、いったん意識が途切れると我に返るので、葵からは張り倒されたりデコピンを喰《く》らったり顎を割られかけたりと、ここ数日、さんざんな目に遭《あ》っている。

「どうしましたではない。かれこれもう三日だぞ。まだ解毒薬はできんのか⁉」

「そうおっしゃられましても。私もいろいろと忙しいものですから」

「枝毛を探しながらそんなことを言われても、全く説得力がないんだがな」

ちまちまと毛先をより分けながら返答する見島に、和狼は歯ぎしりをする。

「それは失礼いたしました。ですが、副長も副長です。経過を観察するためにも、しばらく静養してくださいと申し上げたでしょうに」

束ねた髪を背中に払い、まじめな顔で指を突きつけられ、和狼は詰まった。

「それは……そうだが。仕方ないだろう。静養しようと思っても、長いことあの人の姿が見えないと、居ても立ってもいられなくなるんだからな」

「で、気がつくとおかしらを捜して歩き回り、二人きりになると、とたんに口から砂をぶちまけそうな口説き文句で強引にせまってしまう、と」

「あの人の顔を見ると、頭の中にもやがかかって歯止めがかからなくなる。自分が自分でないようだ」

「まるで恋の病ですな」

「冗談を言っている場合か!!　だからさっさと解毒薬を作ってくれと言っているのだ！」

「私は冗談を言ったつもりはありませんが……ま、いいでしょう。今のところ、あの外来種に関してわかっているのは、あれが突然変異による新種の、雄株《おかぶ》であるということだけです」

「雄株？」

「外来種といえども植物ですからな。繁殖《はんしょく》できなければ種を残すことはできません。もしどこかに雌株《めかぶ》が生育しているのなら、それを手に入れれば解毒薬を精製する方法も見つけられるとは思いますが」

ただ、と見島は言葉を切ると、眠そうな目をわずかにするどくして和狼を見る。

「副長の体に入りこんだ外来種、先日の怪僧があの場所に植えたものやもしれません」

「なんだと？」

和狼は顔をこわばらせた。

「あの火除地からも、例の硝子壜が見つかったのです。海都中にこのところ増えている変異種も、副長たちの遭遇した僧がばら撒いているのだとすると、いささか厄介かと」

やはり死んだわけではなかったか、と和狼はいささか失望しつつ見島の言葉を聞いた。

とはいえ、今回ばかりは花粉の毒にやられたのは己《おのれ》の責任なのだし、あの蒼い眸《ひとみ》の僧を捕縛《ほばく》して解毒法を吐かせるなり、どこかにあるかもしれない雌株とやらを見つけるしかない。

（あの男には、いろいろと聞きたいこともあるしな――）

「わかった。市中の見回りを強化する。総長にはこのことは報告したのか？」

「ええ。すでにご存知です」

「何か言っていたか」

あのふざけた毒にかかってからというもの、葵とはこのところ、ろくにまともな話ができていない。二人きりで話そうとすると、例の病で大変なことになるのだから、当然だ。

「とくに何も。硝子壜のことを閣老《かくろう》にご報告して、市中の警戒を強める、とだけ」

「そうか」

葵としても、現時点ではそのくらいしか手の打ちようがないのだろう。

和狼がうなずくと、見島はあらたまったように眼鏡を押し上げた。

「実は、その変種に関してもうひとつ、ご報告したいことが」

「なんだ」

その真剣な口ぶりに、和狼は顔を引き締める。

「ここ数日ずっと考えていたのですが、ようやく変種の名前を思いつきました」

「……ほかに考えることはなかったのか？」

「ありませんな」

見島はきっぱりと即答すると、命名案を記したらしい書きつけを取り出す。

「女性を見ると辛抱たまらなくなる毒、ということで、絶倫発情花《ぜつりんはつじょうか》という名を考えてみたのですが、どうでしょう」

「やめてくれ」

却下され、見島はぺらりと書きつけをめくった。

「では、絶頂欲情花というのは？　絶賛発情中というのもおすすめですが」

「…………絶倫でいい」

あきらめのため息とともに、桜花衆副長は肩を落とす。

かくして、新種の植物の名がここに定められたのだった。

七　花咲かす者

証言その一　小姓《こしょう》・松之助《まつのすけ》

「あ、はい。さきほどおかしらにお茶をお持ちしたのですが、うっかり声をおかけするのを忘れて障子《しょうじ》を開けてしまったんです。驚きましたよ。おかしらが副長のひざまくらでお昼寝中だったんですから。おかしらと、あの副長がですよ⁉」

証言その二　一番隊隊長　猪熊厳次郎《いのくまげんじろう》

「ええ⁉　和狼《かずろ》さんとおかしらができてるって？　ないない、そんなのないって。そりゃあ、いちゃついてるように見えることはあるけどォ。ボクが果たし合いで負けちゃったから、仕方なく和狼さんもおかしらにやさしくしてるだけだよ。こないだだって、和狼さんがおかしら押し倒してたみたいだけど、あれは寝技の稽古《けいこ》だったたって和狼さん言ってたもん。え？　そんな話信じるのかって？　あたりまえでしょ！　ボクを誰だと思ってんのさァ‼」

証言その三　三番隊隊長　鷹倉拾兵衛《たかくらじゅうべえ》

「（暗い顔で）いや、オレは知らないって。なんも見てねえし。おかしらが副長に押し倒されてたなんて、そんなこと口が裂けても言えるわけねえだろ。着物の裾《すそ》が悩ましげにはだけてて、おかしらが何とも言えないせつなそうな顔をしてたとか!!　いやちがう！　あれはまぼろしだ！　オレは何も見てないからな!!（涙目）」

証言その四　五番隊隊長　豹堂圭介《ひょうどうけいすけ》

「総長と副長ですか？　私がお話できることは何も。え！『長屋人妻艶事草紙《ながやひとづまつやごとそうし》』の新作？　私にくれるんですか!?　これはかたじけない。いえ、少しならぜんぜん構いませんよ（笑顔）。まあ、今にして思うとキッカケはあの事件だったんですかねぇ。ああ、ほら、無常池《むじょういけ》のほとりで総長がお倒れになったことがあったでしょう。あの時は暗くてよくわからなかったんですが、総長の唇《くちびる》を副長が…………いえ！　私の口からこれ以上はとてもとても」

※

和狼が絶倫発情花《ぜつりんはつじょうか》（鑑定方《かんていがた》・見島《みしま》命名）の毒にやられて七日。「総長と副長はデキている」という噂《うわさ》は深く静かに潜行《せんこう》し、桜花衆《おうかしゅう》内部に広がりつつあった。

「困ったわねぇ。なんだかみんなすっかり誤解してるみたい。さすがにひざまくらを見られたのはまずかったかしら」

ちっとも困っていないのんきな顔で、葵《あおい》はおやつのかりんとうをかじった。

「松之助が開ける前に、私がお起こしすべきでした。申し訳ありません」

「和狼が何でもしてくれるっていうから、つい調子にのってひざまくらなんて頼んだわたしも悪かったのよ。子守歌まで歌ってもらっちゃったし」

「とんだお耳汚しをいたしました」

和狼は心なしか頬《ほお》を染める。

「あら。そんなことないわ。和狼の声は渋くてすてきだから、聴き入っているうちについうとうとしちゃったもの」

いまだ和狼の体内の毒は消える気配はなく、口説《くど》きの病も絶好調だ。はじめのうちこそ油断して、押し倒されることもあった葵だが、近頃では慣れたもの。甘い口説き文句もさらりと受け流し、和狼を言いくるめていいようにこき使う術まで身につけている。

「それにしても、その子、すっかり和狼にも懐《なつ》いてしまったわね」

「ええ。見島のところで再検査されて戻ってきたと思ったら、同じ猫とは思えぬくらいにおとなしくなっておりました」

膝《ひざ》の上で丸くなっている子猫を撫《な》でながら、和狼はうなずく。現在、小書院には葵と二人きりだが、羊羹《ようかん》より気が紛《まぎ》れるのか、このもふもふを膝に乗せている間は和狼も葵に手出ししようとしない。

「この猫、本陣で飼うおつもりとうかがいましたが、本当ですか？」

「ええ。検査結果も今度こそ異常なしだったし、もう名前も決めてあるわ」

「教えてくださいますか」

「その子の目、よく見ると左右の色が違うでしょう？　金と薄い青で太陽と月みたいだから、明《メイ》というのはどうかしら」

「日月《じつげつ》の明ですか。良い名ですね」

明、と和狼が声をかけくすぐると、仔猫は気持ちよさそうにごろごろとのどを鳴らした。その様子をながめて葵がほほえんでいると、和狼がふと真顔になる。

「しかし、私の受けた毒のために、これ以上妙な噂が立つのは得策ではありませんね。姫も、和狼の家の者と懇《ねんご》ろにしているなどと、父君のお耳に入れば縁談にも障《さわ》りがありましょう」

心配そうな視線を向けられた葵は、かりんとうをつまむとあっさり言った。

「うちはだいじょうぶよ。桜花衆の総長を引き受けた時点で父もあきらめてるもの。散華姫《ちるはなひめ》なんてぶっそうな二《ふた》ツ名《な》までついてしまったし。今さら嫁に取りたがる物好きな人はいないんじゃないかしら」

蒼龍《そうりゅう》公のお声がかりがあったとはいえ、貴族の姫君が男所帯の桜花衆に入るなど、前代未聞《ぜんだいみもん》のことである。

飛龍《ひりゅう》家の屋敷にいる頃は、散華姫の二ツ名を珍しがってか、腕試しに求婚する伊雁《いかり》のような輩《やから》が絶えなかったが、葵が桜花衆の総長となるや、それもなくなったと聞いている。

もし父が噂を聞けば、かえって嫁のもらい手があったと喜ぶかもしれない。

「だとしても、あなたにたびたび不埒《ふらち》をはたらいたことは確かですし、姫のお心をさわがせたのではありませんか？」

「だいじょうぶよ。さわいでないから」

葵の返答に、長い沈黙が生まれた。

「…………さわいでない？」

「ええ、まったく」

「多少胸がときめくということも？」

「ないわ。わたしは何とも思ってないから、安心して。あら、どうしたの？」

おもむろに左胸を押さえた和狼を見て、葵はふしぎそうに首をかしげた。

「何やら心臓を抉られたような差し込みが。いえ、大したことはありません」

額《ひたい》ににじんだ汗《えぐ》をぬぐうと、視線を落としたまま和狼は呟《つぶや》く。

「何とも思ってない、というのは……その」

「最初は確かにびっくりしたけど、和狼は病気なんだもの。毒のせいで、心ならずもああいうことをしてるだけなんだから、わたしはぜんぜん気にしてないわ」

そう言うと、葵はにっこりと鷹揚《おうよう》な笑みを浮かべたのだった。


和狼は懐《ふところ》に入れた手巾《しゅきん》を取り出した。

毒のために症状が出ている間は記憶も定かでなく、おぼえていても夢のように現実感がないのだが、昨日の葵との会話はやけにはっきりと残っている。それは、葵の言った『心ならずも』という言葉が和狼の胸に引っかかっているからだ。

葵の手巾を返しそびれているのは単に機会をのがしたからで、葵といる時に自分がしたことも、毒の見せるまぼろしにすぎないはずなのに、なぜ、あんな言葉が気にかかるのか。

思えば、葵のことは最初から気に入らない存在だった。

一年前の海都台場《かいとだいば》での戦いで、神がかった剣技に目を奪われたことは確かだが、同時にそれは、和狼にとって、己《おのれ》の剣の未熟さを思い知らされる苦い記憶でもあったのだ。

そのせいだろうか。桜花衆総長に就任してからというもの、葵の存在はことあるごとに和狼を苛立《いらだ》たせ、いつしか目が離せなくなっていた。

苛立ちが別のものに変わったのは、葵から出生について明かされたあの夜からだ。

生《お》い立《た》ちというにはあまりに過酷《かこく》な事情を聞かされてなお、葵の剣を貴族の道楽などと断じることは、和狼にはできなかった。

『――鬼の子だろうと人の子だろうと、私にはどちらでもいいことだ。ここではあなたのお力が必要なのですから』

だからこそ、和狼はあの時葵にそう言ったのだ。

たとえ総長としてはまだ未熟でも、覚悟だけは本物だと、せめてそう認めてやりたかった。

（それだけのはずだ……）

しかし、葵が倒された時、身を焼くような怒りで我を忘れたことや、絶息している葵を見て恐怖に凍りついたことを思うと、自分の中にくすぶる感情がそれだけとも思えない。

あんなことは、かつての自分では考えられないことだった。

「あの……」

眉間《みけん》にしわを寄せて考えこんでいた和狼は、ためらいがちにかけられた声に我に返った。

見れば、座敷にはいつの間にか朱色の小袖《こそで》をまとった娘が座っており、和狼を心配そうに見つめている。

そういえば大店《おおだな》の主人に相談を受けているところだったと思い出し、和狼は手巾を懐にしまった。十七年前に起きた戦いののち、陽源《ヒノモト》と大陸の間には貿易が始まったが、大陸に自生する外来種《がいらいしゅ》がまれに積荷にまぎれこんでいることがあるため、桜花衆に荷をあらためてもらいたいともちかけられていたのである。

しかし、急な来客で主人が席を外し、和狼は一人残されていたのだった。

「つい今しがた、桜花衆の方がお迎えに見えて……何度もお呼びしたのですが」

「そうですか。それは失礼しました」

かたい声で和狼は詫《わ》びた。どうやら、考えごとをしていて娘が来たのに気づかなかったらしい。すぐに出ようと刀に手を伸ばした和狼は、ふと眉《まゆ》を寄せた。

庭に面した座敷には、いま、和狼と娘の二人しかいないことに気づいたのだ。

「……何か？」

するどいまなざしでじっと顔を見つめられた娘は、とまどったように聞き返す。

しかし、いくら娘の顔を見つめても、心は冷静に澄んだままで、葵を前にした時のような胸の高鳴りや、くるおしいほどの焦燥《しょうそう》にかられることはなかった。

（女を前にすれば、たちまち発情するような言いぐさをしておいて。あの藪《やぶ》医者め、何ともないではないか）

内心、見島に悪態をついた和狼だが、ふいに別の可能性を思いつき、目を見ひらく。

（女なら誰でも、というわけではないのなら、あの人だけが特別なのか……？）

そう考えた時、どたどたと足音が近づき、いきおいよく襖《ふすま》が開け放たれた。

「副長!!」

「鷹倉。貴様に礼儀を説くのは無《む》駄《だ》だろうが、せめて声をかけてから開けるくらいできんのか」

「だったらさっさと出てきてくださいよ、こっちは急いで報告に来たってのに。ほら、このあいだ退治した花!!　あれと同じものが見つかったんスよ!!」

拾兵衛の報告を聞いた瞬間、和狼の眼光が殺気をおびた。

もの寂《さび》れた屋敷の庭は、うごめく植物の蔓《つる》で埋め尽くされていた。

ところどころについた紅《くれない》のつぼみは今にも開きそうにほころびかけている。

「確かに例の花だな。根は隣家の庭か」

崩れた塀《へい》の破れ目から這《は》うように伸びている蔓を和狼は見やった。

屋敷の庭には和狼と葵、そして拾兵衛の率いる三番隊が集結して、外来種の駆除にあたろうとしていた。

「鷹倉、貴様、この間の子供から頼まれた雑用、サボってトンズラしただろう」

突然ぎろりと睨《にら》まれ、拾兵衛はぎくりと肩をすくめる。

「何スか、やぶからぼうに」

「さっき避難させたこの屋敷の老夫人と一緒に、おかっぱのあの子供がいた」

「いやその、サボったわけじゃないっスよ!　最初の日に確認した時は何も異常がなかったもんで、それ以来ほとんど毎日縁側でばあさんの茶のみ話につきあってて、庭のほうにはサッパリ足を向けなかったっつーか」

「それを職務怠慢《たいまん》といううんだ馬鹿者《ばかもの》!!」

和狼は拾兵衛に拳骨《げんこつ》を見舞うと、不満そうに葵を見おろした。

「あなたもあなたです。この程度の外来種なら、総長のお手をわずらわせるには及びません」

傍《かたわ》らの葵は、きりりと髪を結い上げ、桜色の羽織《はおり》をまとった出役姿である。

「でも、これも変異種のひとつだって聞いたわ。発生にあの僧がからんでいるとすれば、今は少しでも手がかりがほしいし、この花がもし雌株《めかぶ》なら、標本を持ち帰れば和狼の病も治るかもしれない」

散華刀桜龍《さんげとうおうりゅう》の柄《つか》に手をかけて葵が答えると、和狼は難しい顔をしたものの、それ以上何も言わなかった。沈黙を承諾と受け取って、葵は隊士たちに向きなおる。

「三番隊は包囲しつつつぼみを落とせ。開きかけた花はわたしが散らす。和狼は根の処理をまかせる。かかれ!!」

葵はそう声を放ち、散華刀を抜いた。

剣を手にするときは、いつもこうだ。

ふだんはどれほどのんびりしていても、剣を手にしたとたん、覇気《はき》が全身を駆けめぐり、力があふれてくる。まるで、自分ではない何者かがのりうつっているようだ。

あるいは、何をするにもおっとりしたふだんの己こそがいつわりで、剣を握る時の己のほうが本当の姿なのではないかと、葵は時おり思うことがある。

だとすれば、なんとおぞましく、哀しい生き物なのだろう。

(ばけものか……)

ふと、そんな言葉が脳裏《のうり》をよぎるものの、首ひとつ振って葵は思考を払い、剣を構えた。

その視線に気づいたのは、花という花をほぼ落とし終えた時のことだった。

(何?)

からみつくようないやな気配に振り向くと、通りに面した築地塀《ついじべい》にも大きな破れ目があり、そのむこうに墨染《すみぞめ》の直綴《じきとつ》がちらつく。

「――拾兵衛」

「なっ、なんスか!」

スッと身を寄せ、葵が囁《ささや》きかけると、ぎょっとしたように拾兵衛が飛びあがる。彼はようやく獲物の槍で主茎《しゅけい》を黙らせたところだった。

「例の僧が現れた。あとを追うからこちらの処理はまかせる」

「って、おかしら一人で⁉　無茶っスよ‼」

「無茶ではない。俺も行く」

低い声に顔をあげると、根の処理を終えていちはやく合流した和狼がこちらを見ていた。

「和狼。わたしならだいじょうぶ。もう同じ轍《てつ》は踏まない」

「だとしても、一人で追わせるわけにはいきません。それに、あの男に聞きたいこともある」

和狼はそう言って、黒覆面《ふくめん》からのぞくまなざしをするどくする。

黒い双眸《そうぼう》は、「おまえも聞きたいことがあるはずだ」と言っているように見えた。

葵は一拍だけ黙考《もくこう》し、うなずいた。

「わかった。では一緒に」

「鷹倉。標本を持ち帰るのを忘れるなよ」

和狼がそう念を押し、二人はその場を離れて築地塀の破れ目をくぐった。

ほそい路地の先には、悠々と先を行く網代笠《あじろがさ》の雲水《うんすい》の姿がある。

「行こう！」

その姿を追って、葵は走りだした。刀はすでに、鞘《さや》に収めている。

駆け足で追っているにもかかわらず、僧の姿はなかなか近づかない。

それでいて、角を曲がると、はるか先には必ず不気味に立ち止まっているのだ。

「罠だと思う？」

前を向いたまま、葵は傍《かたわ》らの男に尋《たず》ねた。両側を築地塀で挟まれた路地は、ようやく二人が並んで走れるほどである。

「罠だとしても、捨て置くわけにはいきません」

さすがに息もみださず、和狼は答えた。

「それに、罠だというならそれはそれで、罠ごと斬り捨てればいいだけです」

和狼らしいふてぶてしさに、葵は思わずくすりと笑う。

「好きよ。そういう考え方」

葵が言うと、和狼はなぜか絶句した。けげんに思って視線を向けると、覆面を外した横顔がこわばっている。

「どうかした？」

「いえ、何でも」

和狼はわざとらしく咳《せき》をする。葵はふと真顔になり、声をひそめた。

「和狼。今は非常時だから押し倒すのはナシよ？」

「あたりまえです!!」

やや緊張感に欠けるやりとりをしながらも、二人の目はしっかり僧の姿をとらえている。

やがて、僧の歩みがぴたりと止まった。

高く積まれた石垣の上。東へとひらけた高台に、ようやくその姿を追いつめたのだ。

しかし、僧の様子は一向に追いつめられたようには見えず、落ちつき払っている。

「やはり、あれしきの花粉では死なぬようだな、鬼の娘よ」

網代笠に手をかけ、うつむいたまま僧は笑う。

葵は散華刀を抜かず、挑発には乗らなかった。

「黙るがいい。わたしを鬼の娘と呼ぶおまえこそ何者だ」

海都の街並を見おろす高台には風が吹いている。空の高いところを飛ぶのは雲雀《ひばり》だ。おだやかな風景に似合わず、葵の声はかたかった。

目の前の僧は異国の容貌《ようぼう》をしているという。この陽源《ヒノモト》で鬼といえば、ちかごろならまず浮かぶのが、臥瑠名理阿《ガリユーメリア》国の異人だ。

葵の父が臥瑠名理阿《ガリユーメリア》人だったことは、ごく限られたわずかな者しか知らない。その事実を知ったうえで、この男が葵を鬼の娘と呼ばわったのだとすれば、答えはおのずと限られてくる。先ほど和狼との軽口で紛らわそうとしたのも、本当は答えを知るのをおそれていたからだ。

沈黙していた僧は、口もとにゆっくり笑みを刷《は》いた。

手甲《てつこう》をはめた手が、網代笠を結ぶ顎紐《あごひも》にかかる。

「わが名は幽玄《ゆうげん》」

平坦な声で僧は告げた。

「幽玄？」

「さよう。我《われ》のことが知りたくば、そなたの母の吹雪姫《ふぶきひめ》に尋ねてみるがいい。母が生涯ただ一人、愛した男と答えるであろうよ」

葵は一瞬息をとめた。背後で和狼も息をのむ気配がする。

「でたらめを言うな……！」

斬りつけたい衝動をこらえながら声を放てば、幽玄なる僧は肩をすくめた。そのしぐさは、どことなく異国めいている。

「でたらめなものか。そなたに命を与えたは我ぞ」

しゅるりと顎紐をほどいた僧は、網代笠を落とし、頭をひと振りする。葵は目を見ひらいた。

僧の目は蒼《あお》かった。

剃髪《ていはつ》はしていない。有髪である。ばかりか、その髪の色は陽源《ヒノモト》人ではけしてありえない黄金色をしている。

年齢を全く悟らせないその容貌はぞっとするほど美しく、美しいと感じた自分を葵は恥じた。

「対面は二度めか。恋しくば我を父と呼んでもかまわぬぞ」

「誰が！　わたしの父は飛龍直賢《ひりゅうなおかた》ただ一人。おまえなど父ではない!!」

「だが、そなたの体に流れるのは、紛れもなく我と同じガリューメリアの血。そなたこそ、この陽源《ヒノモト》に咲いた徒花《あだばな》よ」

幽玄は蒼い目を細め、この上なくおかしそうに断じる。その声に、表情に、娘への憐《あわれ》みは微《み》塵《じん》もなく、むしろ奇妙な生き物を観察するかのようなひややかさがあるだけだ。

今にも散華刀を抜き、飛びかかりたい気持ちでいると、制するようにそっと肩に手が触れた。

はっと緊張を解いた葵の傍らで、和狼が問いを継ぐ。

「海都中に外来種をばら撒いているのは貴様だそうだな」

和狼は葵の肩に手を置いたまま、限りなく冷静な声で尋ねた。

「臥国《ガこく》との停戦交渉は十七年も昔にすんでいる。それがなぜ今さらこんなまねをする必要がある。これも臥瑠名理阿《ガリューメリア》の意向か？」

「さあ。母国など知らぬ」

幽玄は喉《のど》を鳴らして笑った。

「我は吹雪との約束を果たし、再び我が手に抱くが望み」

「約束？」

思いがけない言葉に葵が眉を寄せると、幽玄は恍惚《こうこつ》とした顔で口をひらく。

「吹雪が我が元を去りし時、我は誓ったのだ。いずれ、この海都に紅蓮《ぐれん》の徒花をあふれさせてみせるとな。長らく果たせなかったが、ようやく時が満ちた。あのいまいましい鬼無桜《きなしざくら》を一掃し、この地を我が花で満たせば、吹雪も笑顔を見せてくれよう」

正気とは思えぬ言葉に、葵は絶句した。この男は、母を攫《さら》ってその心を打ち砕いたばかりか、このうえその地獄を海都中に広げようというのか。

「母上がそのようなこと望むものか!!」

「そなたに吹雪の何がわかる。母子らしい時を過ごしたこともないそなたが」

冷ややかな言葉に体が震える。葵は父を名のる鬼をにらみつけた。

「おまえがそれを言うのか……。わたしから母上を奪っておいて」

「そなたから母を奪ったは我ではない。そなたを見限ったは吹雪の選びしこと」

怒りのあまり、蒼白《そうはく》になった葵を愉快そうに眺め、幽玄は嘯《うそぶ》く。

「母から疎《うと》まれたはそなた自身であろう。我を憎むのも、母が恋しいゆえではないのか？」

「な――」

「誰からも慈《いつく》しまれず、求められず、人恋しさを紛らわすために剣をふるう。そなたは哀しきばけものよ。その身に流れるは我と同じ鬼の血というに、それでも人たらんと欲するとは」

「ふざけるな!!　おまえこそ何がわかる！」

血を吐くように、葵は憎の声をさえぎった。

脳裏によぎるのは、人形のように整った母の顔だ。

七つの時、初めて会った母は表情をもたず、平板な声で葵に真実を告げた。

けれど、母を憎むことはできなかった。

すべてを葵に明かす間、母はひたすら、涙を流しつづけていたのだから。

別れぎわ、母は幼い葵を抱き寄せようとして、その手を止めた。

『私にはそなたを抱くことはできません。そなたを身ごもり、あの男から逃れた時に、私の心も死んだのです。死人《しびと》となった母に子を慈しむ資格はない。私たちはもう二度と、会わぬほうが良いのです』

抱き寄せようとした手をきつく握りしめ、人形のような顔をしたその人は肩を震わせた。

葵にとって母の記憶は、それがすべてだ。

「母上が――わたしが、どれほど苦しんできたか、おまえになどわかるものか!!　母上から笑顔を奪ったおまえに……っ！」

それ以上は言葉にならなかった。

「総長！」

つかみかかるために思わず飛び出しそうになる葵の体を、和狼が背後から抱き止める。剣の届く一足一刀の間合に踏みこめば、またあの毒の礫《つぶて》を喰《く》らうおそれがある。

それがわかるから、葵もこらえた。怒りのためか、悲しみのためかもわからない激情に痺《しび》れる頭を、はげしい呼吸で鎮《しず》めようとする。

しかし幽玄はむしろ挑発するように両腕をひろげてみせた。

「我が憎いか？　斬りたくば、その腰の刀で斬るがいい。父を殺してまことの鬼となってみよ」

葵が反射的に刀の柄に手をかければ、和狼がその手を抑《おさ》えこむ。

「和狼……」

「いけません。この男にはまだ聞かねばならないことがある。生かして捕らえなければ意味がない」

和狼の落ちついた答えに葵は歯をくいしばった。

その様子に幽玄はますます愉悦《ゆえつ》の笑みを浮かべ、つい、と眼下の街並を指でさす。

「殺すにせよ捕えるにせよ、急ぐがいいぞ。ほら、そこにもまた徒花が咲く」

目の前の幽玄から、注意深く街並へと視線を移した時だった。

白いちぎれ雲の浮かぶうららかな春空の下、ふいに、木材の断ち割れるような不気味な音とともに、街の一角で土埃《つちぼこり》があがる。

「まだ仕込んでいたか……！」

舌打《したう》ちとともに和狼が吐き捨てた。

屋敷町がとぎれ、町人地に切りかわるあたりに、まるでめざめた竜のように緑の蔓が花首《はなくび》をもたげるのがはっきり見えた。家屋のきしむ音、人びとの逃げまどう悲鳴までもが、風に乗って高台に届く。

「あれは竜眼草《りゅうがんそう》というて気が荒い。が、花の美しさは格別よ。蔓に締められれば大樹も折れる。さて、見ものよな」

「おのれ……！」

のんびりと網代笠を拾いあげた幽玄を葵は振り返った。

鬼の姿をした僧は、急《せ》くこともなくその場を離れてゆく。

——今ならば、たとえ遠間からでも剣はとどく。

一瞬、葵の脳裏に氷のように冴《さ》えきった声が響いた。

跳躍《ちょうやく》して抜きつければ、剣の一閃《いっせん》で首を落とせる。

自分なら、それができる。

「総長！」

そんなことを考えた葵は、和狼のするどい呼びかけにはっと我に返った。

顔をあげれば、彼はまっすぐ葵を見おろしている。

「行きましょう。今ならわれわれ二人で対処できます」

和狼の言葉に葵は瞳《ひとみ》を揺らした。それはとりもなおさず、あの男をこの場から見逃す、ということでもあった。

「でも、今なら」

無意識のうちにためらいがこぼれる。すると、和狼は表情を険《けわ》しくし、葵の肩をつかんだ。

「その手の剣は誰のためのものだ‼　あなたは人を救うために桜花衆に来たんじゃなかったのか！」

強い声に、まるで頬を打たれたような気がして、葵は目をみはった。

『………こういう景色を守りたいから、かしらねぇ』

そう。たしか満開の鬼無桜が咲く天野《あまの》の森で、葵はそう口にした。

異人の父に、あるいはかの国に刃《やいば》を向けるよりもまず、目の前に広がる人びとのいとなみを守りたいと、あの時そう思ったからだ。

外来種に苦しめられる人びとの姿や、外来種の毒のために亡くなった乳母、病がちの乳姉妹をずっと見てきた。今も危険は絶えなくても、海都を捨てずにこの街で暮らす人びとがいて、そんな暮らしを陰で守る桜花衆の剣士たちのような人びとがいる。

それを知っているから、葵もまた、剣を手放そうとは思わなかったのだ。

ほんの刹那《せつな》、葵は瞑目《めいもく》すると、顔をあげ、遠ざかる僧形をにらんだ。

「おまえだけは……絶対に許さない!!」

葵の声に、幽玄は足をとめて振り返る。口もとはうれしそうにほころんでいた。

「心地いい響きよ。その言葉、しかと憶えておこう」

葵は断ち切るように視線をはがすと、踵《きびす》を返し、和狼とともに混乱の源《みなもと》へと向かった。


花を散らすうち、いつの間にか雨になったようだ。

根を断ち、茎を断ち、花のことごとくを散らされた竜眼草なる外来種は、死んだ大蛇《だいじゃ》のように蔓を横たえ、沈黙している。

石垣の高台から騒乱のさなかへ下りてきた葵たちは、駆けつけてきた火消衆《ひけししゅう》に近隣の避難を誘導させ、二人で外来種を鎮めにかかったのだ。

心に逆巻く嵐のままに剣をふるったせいか、呼吸もみだれ、いつもより消耗している。

小さな祠《ほこら》のある鬱蒼《うっそう》とした木立から伸びてきた蔓は、付近の板塀や家屋のいくつかを破壊したところでようやく動きをとめた。

花はつぼみがほとんどだったから、花粉の影響はほとんどなさそうだ。

冷静にそんなことを考えながら被害状況を確認していると、和狼が近づいてきて言った。

「どうやら、あの僧が仕込んだのはここにあるものだけのようです。じき、本陣から増援が来ますから、撤収は連中に任せましょう」

「わかったわ。ご苦労さま」

葵がうなずくと、和狼はわずかにためらい、懐から手巾を取り出す。

「どうぞ。お使いください」

差し出されたそれは、いつぞや葵が和狼に渡したものだった。

「ありがとう。でも、返すのは別に今でなくてもいいのに。どうせこの雨じゃ、いくら拭《ぬぐ》ってもおんなじよ」

受け取りつつほほえむと、和狼はどこか苦しげに顔をゆがめる。

「雨など降っておりません。あなたは泣いているんです。ここへ来た時から、ずっと」

葵はまたたいた。とたん、眼のふちからこぼれた雫《しずく》が足下に落ちる。

かわいた地面についたしみを見おろすと、葵は顔をあげた。

「………泣いてないわよ？」

「強情な方ですね。だったらその間は何なんです。いいからさっさと顔をお拭《ふ》きなさい‼」

苛立ったように叱《しか》られ、葵はしかたなく自分の手巾で顔をぬぐった。

自分のものだったはずなのに、和狼のにおいがするのがなんだかおかしい。

「ちゃんと洗ってあるのね」

葵が呟《つぶや》くと、和狼は面白くもなさそうに答える。

「桜花衆ですから」

葵は笑った。むさくるしい男所帯だと思われがちだが、桜花衆では副長や隊長はじめ、隊士たちもみなおどろくほど身ぎれいだ。

毎日のように外来種の花粉を浴びるため、少なくとも日に一度、多い時には日に二、三度も風呂を使ったり水を浴びたりして体を清める必要があるからだった。

おかげで風呂番や洗濯番の見習い隊士などは毎日大いそがしである。

そんなことを思い出したとたん、わけもなく、帰ってきた、という思いにかられ、葵はほっと息をついた。

幽玄という名の鬼、父を名のるあの僧を前にしていた時、身が焼けるような怒りと同時に、たとえようのない恐怖を感じていた。

それは、自分の奥底にあって、ずっと目をそむけていた苦しみに気づいたからだ。

七つの年に真実を聞かされてから、己の内で押し殺していたもの。

幼い手で剣の重みを確かめた時の、凍《こご》えるような気持ち。

栗色《くりいろ》の髪を切り落とそうとした時の、叫びたいような胸の痛み。

剣を学び己を律し、少しずつ手なずけ、飼いならしてきたやりきれなさや寂しさが、あの男の言葉で容赦なくよみがえり、あばかれるのがおそろしかった。

激情にかられるまま、もしあの男に斬りかかっていたら、きっと自分はこの場に立っていることはできなかっただろう。

手巾を握りしめたまま、葵はうつむく。

「和狼……引き止めてくれて、ありがとう。あの男を斬ったら、わたしはきっと、本物の鬼になっているところだった」

かすれた声で礼を言ったとたん、和狼に腕をつかまれ、引き寄せられる。

次の瞬間、葵はきつく抱きすくめられていた。

「……っ」

体がきしむほどこめられた力に、葵は思わず声をもらす。

身じろいでのがれようとするが、体格差はいかんともしがたく、さらに強く抱きこまれる。

まぶたに和狼の吐息を感じ、葵はさすがに動揺した。例の、口説きの病のことをすっかり忘れていたからだ。

「和狼、だめ……放して」

息苦しさにあえぎ、葵はあらがう。今は殴って止めるだけの余力がないのだとうったえたが、和狼の腕はゆるまなかった。

「嫌です。あなたはこうでもしないと泣かないでしょう」

きっぱりとした拒絶のあとにつづいた言葉に、葵はぴたりともがくのをやめる。

「だ——だから、泣いてないって」

「嘘《うそ》をついても無駄です」

葵の弁解を容赦なく封じ、和狼はわずかに腕をゆるめた。

武骨な手のひらが、まるで何かから守るように葵の肩を包みこむ。

「泣いていないなら、なぜこんなに震えてるんです」

手のひらのあたたかさと、ひどくやさしい声に、葵は思わず息を詰めた。

それは、毒の見せるまぼろしにすぎないのかもしれなかったが、たとえまぼろしでも、和狼の腕にこもるせつないようなぬくもりに、いっとき身をゆだねたくなる。

こらえようとしてもあふれ出るものを止められず、葵はとうとう和狼の胸に顔を埋めた。

声もなく涙を流し続ける葵を、和狼は黙って抱いている。

増援の気配が近づくまで、葵はつかの間、自分に泣くことを許した。

「……おかしら。あなたに伝えておきたいことがあります」

いくつもの足音が聞こえてくると、和狼はからめていた腕をとき、葵の顔をのぞきこむ。

「あなたは私に『心ならずも』とおっしゃいましたが、この七日、私が口にしたことは、すべて私の本心です」

「え？」

おどろいた葵に和狼は目を伏せ、そっと顔をよせた。重なりそうなほど近づいた唇《くちびる》に、葵が身をすくめると、思い直したように耳もとへと囁《ささや》く。

「私は、あなたのことが――」

葵の中に封じこめようとするように、低い告白が耳の奥へ届き、葵は目を見ひらいた。

言葉の意味を問うより先に、和狼の気配は葵から離れる。

やがて、たのもしくも騒がしい桜花衆の隊士たちが祠の森に踏みこんでくるなか、葵は呆然とその場に立ちすくんでいた。

葵のことを「総長」としか呼ぼうとしなかった和狼が、このとき拾兵衛たちのように「おかしら」と呼んでくれたことに気づいたのは、だいぶ後のことである。

※

僧のゆくえは知れなかった。

変異種さわぎはひとまず落ちついたものの、鬼無桜を一掃し、海都を外来種でみたすなどと豪語《ごうご》した幽玄は、いまだ縛《ばく》をのがれている。

「あの男の目的がはっきりした以上、こちらも全力でそれを阻《はば》むだけだわ」

和狼からの報告をいつもの小書院で受けたのち、葵は静かに言った。

「よろしいのですか」

みじかく和狼が問えば、葵は無言で目を伏せる。しかし、それも一瞬のことで、ふたたび顔をあげた葵には、いつものように笑みが浮かんでいた。

「だいじょうぶよ、もう迷ってはいないから。もしまたあの男から現れるなら、桜花衆総長として、必ず法の裁きを受けさせます」

「では、御意のままに」

葵の宣言に、和狼は低く頭を垂れる。

「――ところで」

厳粛《げんしゆく》な空気を入れかえるように、ふいに葵が明るい声で話題を変えた。

和狼が顔をあげると、葵はにっこりと両手を打ち合わせる。

「よかったわねえ、和狼。薬のおかげで発情の病も治って」

のんきな祝福に、和狼はぴくりと眉を動かした。

「ひとを変質者のように言うのはやめてもらえますか」

先日の出動で絶倫発情花《ぜつりんはつじょうか》（しつこいようだが見島命名）の雌花《めばな》を採取したため、鑑定方に解毒薬を精製してもらうことができたのだ。おかげで和狼の病もすっかり鳴りをひそめている。

「でも、和狼の口説き文句を聞けないのかと思うと少しさみしい気もするわね」

「私はせいせいしております」

腕を組み、仏頂面で答えた和狼を見て、葵は首をかしげた。

「そう？　あの竜眼草を退治したあとであなたが言ってくれた言葉。あれなんて、すごく真にせまってて、あやうく本気にしそうなくらいどきどきしたのに」

さらりと口にした葵に、和狼は思わず動きを止める。

どうやら、和狼の最後の告白は、毒の効果によるものと葵の中で認識されているらしい。

あの時、まるで熱にうかされたように葵の耳に吹きこんだ言葉が、病によるものなのか、それとも己の本心だったのか。正直、和狼自身にもわからない。しかし、なかったことにされたかと思えば、それはそれで腹立たしい気もする。

何やら失望したような、同時にほっとしたような心地のする和狼だったが。

「……そうですか」

彼はそれだけ言って、横を向くにとどめた。

「せっかく元に戻れたんだし、今日くらいお休みしてもいいんじゃないかしら」

のんびりと傍らの白猫をなでながら言った葵に、和狼は表情を引きしめる。

「いけません。今日中にそれを片づけていただかなくては、その後の仕事に差《さ》し障《さわ》ります」

「だってこれ、和狼がわたしの代わりに処理しておいてくれたのよ？」

文机《ふづくえ》の上に山と積み上がった書類を指さし、あっけらかんと葵は言う。

どこまでもふだん通りの葵を見て、和狼はついに爆発した。

「そもそもそれが間違いなんです!!　まったく。いくら毒にやられて記憶が飛んでいたとはいえ、書類仕事まで肩代わりさせられていたとは、情けなくて涙が出ます！」

甘い口説き文句やら、悩ましい触れあいやらを剣の立ち合いのようにかわしていただけでなく、ちゃっかり和狼を言うなりにさせて自分の仕事まで押しつけていたのだから、そのしたたかさにはおそれいる。

あの告白を葵が真に受けなかったのは、不幸中の幸いだったかもしれないと和狼は思った。こんな厄介な娘に本気で惚《ほ》れでもしたら、とてつもなく面倒なことになるにちがいないのだ。

「今日は一日中ここで私が見張っております。逃げられるなどと、ゆめお考えになりますな」

文机の向かい側という、どうがんばっても視界から外れない位置に陣取り、和狼は鬼の表情で両手を鳴らす。それを見て、葵が袂で目元をぬぐった。

「わたしも何だか涙が出そうよ」

しかし、あらがってもむだと悟ったのか、海より深いため息とともに、葵は泣く泣く筆を動かしはじめる。しばし和狼はそれを見守っていたが、ふと腕組みを解き、口をひらいた。

「もし、今日中にそれが片づいたら、明日は大石川《おいしかわ》の植物園にお連れします」

「このあいだの研修を改めてやるのね」

力なく肩を落とした葵から、和狼は目をそらす。われながら甘いと思ったが、あまり葵の沈んだ顔を見ていたくないのも確かだ。

「いえ。姫……おかしらが興味を示された変異種の青薔薇《あおばら》が、植物園の温室で研究用に栽培されているんです」

「本当？　だったらぜひ見てみたいわ」

とたんに明るい顔になった葵に、和狼は瞳をなごませた。

「……あなたなら、そうおっしゃると思いました」

※

「おや拾兵衛どの。そんなところで何をしているのです？」

鑑定方の見島医師は、縁先《えんさき》で泣きながら大福をむさぼり食っている三番隊隊長を見つけ、眠そうな目を丸くした。

「オレにもわからねえ。わからねえけど、この大福がいとしくてたまらねえんだ!!」

「大福が、いとしい？」

面妖な発言に眉を寄せた見島の前で、拾兵衛はうっとりと大福をかざす。

「ああ……このもちもちっとした食感。中の餡《あん》がほんのり透けて見える悩ましさ……雪のようにはかない米粉のかもしだす色気……どれひとつ取ってもオレの心を揺さぶらずにはいられない。食っても食ってもまだ足りない！　何て愛らしいんだおまえというやつは!!」

心からの賛辞と共に、がぶがぶと手当たり次第に大福にかぶりつく拾兵衛を見て、見島はぴたりと指をつきつけた。

「拾兵衛どの。その大福、もしや鑑定方の診察室に置いてあったものですか？」

「ああ。すまねえ、勝手に食って。でもオレはとても辛抱たまらなかったんだ」

拾兵衛は涙を流しながら大福を頬張る。

「あれには絶倫発情花の花粉がついてしまったので、捨てるつもりでいたんですがねぇ。困ったな。拾兵衛どのまで毒にやられるとは」

ぽりぽりと頭をかいた見島だったが、これはこれで格好の症例ができたと即座に思い直し、拾兵衛に向き直った。

「拾兵衛どの。いかがです？　それを食べると女性への欲望が頭をもたげてくるとか、めくるめく官能の世界に突撃したくなるとか、そんなことはありませんか？」

「いや。オレの中にあるのはこいつへの愛だけだ。大福……ああ、もともと好物だったけど、こんなにもおまえがいとしいなんて。いっそ、大福に溺《おぼ》れて死んでもいいくらいだ」

「迷惑なのでやめていただけますか？　そういう死に方は」

見島は笑顔で両断すると、顎に手を当てて考え込んだ。

「もともと好物だった、か……。拾兵衛どの。ひとつうかがいたいんですがね。ここ七日あまり、副長がおかしら以外の女性と二人きりになるようなことはありませんでしたか？」

拾兵衛はのろのろと顔を上げた。

「そうだな。確か、大店《おおだな》の主人に相談を持ちかけられた時、そこのお嬢さんと副長が一緒の部屋にいたような……」

「その時、お嬢さんに変わった様子はありませんでしたか？　副長に口説かれて困っていたとか、そんなことは」

「いいや？　ただでさえ無愛想でおっかないのに、仏頂面で黙ってるから余計に怖かったらしくて、帰る時も柱の陰から遠巻きに見てたよ。そのくせ、つれないところがいいとか騒がれてたけど」

納得いかない様子で拾兵衛は大福を口に放り込む。

「なるほど。いつも通りの副長か……」

見島は廊下を歩きながら考えを進めた。

（拾兵衛どのの様子からして、花粉の毒はもともと好きなものへの愛情が増幅する、もしくは、好きなものを積極的に手に入れようとする効果があるのかもしれないな）

だが、その仮説が正しいとすると、明らかになることがひとつある。

（つまり、副長はもともとおかしらに惚れていた、ということか……？）

口説きの病が発症したのも、好きな相手と一緒にいたから、だとすると。

そこまで考えて、見島医師は立ち止まると、ふっと笑みをもらした。

「ま、どうでもいいことですけどね」

眼鏡を押さえると、あわれな拾兵衛に解毒薬を授けるため、診察室へと進路を変える。

こうして、他人の色恋沙汰《ざた》に無関心な一人の医師によって、副長の秘めたる恋は闇に葬《ほうむ》られたのであった。

結

「散華姫《ちるはなひめ》は無事つとめておるようだな」

蒼龍《そうりゅう》公吉康《よしやす》は、池のほとりから水面《みなも》をながめ、そう言った。

今日はさすがに軍服ではない。海都城《かいとじょう》の中でも、近親者のみが入ることを許された中奥御殿の庭にあっては、吉康も平服の黒縮緬《くろちりめん》の着流しという、くつろいだ姿であった。

「女の身、娘の身にございますれば、至らぬところもあるようですが」

控えの姿勢をとった飛龍直賢《ひりゅうなおかた》は、かたい声で答える。

血縁からいえば従兄弟《いとこ》にあたる直賢をちらりと見やり、吉康は池へと向きなおった。

「散華姫を狼どもの巣穴に放りこんだこと、まだ恨んでおるのか？」

「恨むなど、滅相《めっそう》もなきことにございます」

浮かない表情のままであったが、直賢は視線を落としたまま否定する。

どこかかたくなな態度に、ふと嬲《なぶ》りたい心境にかられ、吉康は続けて問うた。

「ならば、憎き異人の胤《たね》である娘のことなど、桜花衆《おうかしゅう》の狼どもに食い散らされようが、戦《いくさ》の中で花と散ろうが、知ったことではないか」

「そのようなことは決して——!!」

　直賢ははじかれたように顔をあげた。その眼に怒りが燃えているのを心地よく見取りながら、吉康は笑みを向ける。

「だが、異人の子を宿した吹雪姫《ふぶきひめ》を妻として迎えよと命じたのは己《おれ》だ。そなたにはいくら恨まれても足りぬであろうよ」

　十七年前、産み月を間近に控えた吹雪がその姿を現わしたのは、蒼龍家の下屋敷だった。隣国との戦の気配は硝煙《しょうえん》が鼻をつきそうなまでに迫り、吉康は蒼龍公として青東州《せいとうしゅう》の領主となる直前の身であった。

　そんな状況下では、吹雪姫も内心、胎《はら》の子もろとも闇《やみ》に葬《ほうむ》られると覚悟していたのだろうが、吉康はそれを許さなかった。

「たとえご命令があったとしても、吹雪を娶《めと》ったのはそれがしの意志にございます。葵《あおい》はあくまで我が娘。他の何者でもございません」

　そう言いきった直賢に、吉康がなおも口をつごうとしかけた時。

「そのように意地の悪いことをおっしゃっては、飛龍どのがお気の毒でございますよ。上」

　明るく澄んだ女の声が、二人の間に割って入る。

　声は庭に面した御座の間の、広縁《ひろえん》に近い入側《いりがわ》から発せられたものであった。

離れているにもかかわらず、二人のやりとりを聞きとった耳のよさもさることながら、優雅に裳裾《もすそ》をさばいて広縁に歩み出たその姿は、何よりも際立っていた。

「飛龍どのに詫《わ》びをおっしゃりたいのであれば、そなたには申し訳ないことをした、許せ、とおっしゃればよろしいのです」

淡青の表、裏は紫。葵の重《かさ》ねの女房装束《にょうぼうしょうぞく》に、やわらかな垂れ髪はいかにも宮廷風のよそおいである。透けるほど白い膚《はだ》や紅《あか》い唇《くちびる》はいかにも貴人めいていたが、それほどの美貌《びぼう》を目にしても、吉康の表情は和《やわ》らがなかった。

「詫びならこれまでに幾度《いくど》となくした。だが、この男は一向受けつけぬのだ」

ふきげんな声で吉康が答えれば、女房装束の女は檜扇《ひおうぎ》で口もとをかくして小さく笑う。

「臆病なこと。上らしくもない。そうであれば、すまぬ、どうか嫌いにならないでくれとおっしゃってはいかが？」

「あ、明石《あかし》の君《きみ》‼　ご冗談にも程がありますぞ！　上様に向かってそのような……」

これに反応したのは吉康ではなく飛龍直賢のほうであった。

なんとなく毒気を抜かれ、吉康は広縁に向きなおる。

「いい、直賢。明石の君に逆らえる者などこの海都にはおらん。何となれば、あの散華姫の師にして、獅神《しがみ》公の懐刀《ふところがたな》でもあらせられるのだからな」

吉康が目を向けると、明石の君と呼ばれたその女は広縁に座り、礼をとった。

「蒼龍公、お懐かしゅうございます」

「まことにな。そなたが煉獄山《れんごくさん》の庵《いおり》にこもったと聞いた時は、二度とふたたびまみえることはないと思うたが」

「可愛《かわい》い弟子の行く末が少しばかり気がかりでしたもので、獅神公に復職を願い出てまかり越しました」

たおやかな美貌をほこる明石はそう言って面《おもて》を伏せる。

「さぞ獅神公もお喜びであろう。目付女房《めつけにょうぼう》の中でもそなたほどの使い手は二人とおらぬゆえ」

目付女房は別名を獅子の眼ともいい、獅神公の命により蒼龍、鳳《おおとり》、虎牙《こが》、和狼《かずろ》の四家に派遣される、いわゆる大監察《だいかんさつ》である。獅神公の懐刀として各公の動向を監視するのが役目のため、海都城内であれば、たいていの場所に出入りできるほどの権を持つ。

さらにいえば、獅神いがいの四家は長子相続ではなく、この目付女房による評価を吟味《ぎんみ》して獅神公が次期当主を選定するため、いかな蒼龍公といえど、その存在をないがしろにすることは許されなかった。

「わたくしの剣など、歴代の目付女房に比べれば遊びのようなもの。ほんの戯《たわむ》れにございます」

白い面をあげた明石は色のうすい瞳《ひとみ》を細めて扇を開く。

「蓮華八刀流《れんげはっとうりゅう》の継承者がよくも言う。前任の五十鈴《いすず》の君《きみ》もそうであったが、そのように麗《うるわ》しき衣をまとい、城の中を日々歩きまわるだけのそなたらが、なぜあのように剣をつかえるのか、ふしぎでならぬ」

吉康はなかば本気でその秘密を尋《たず》ねた。明石の剣をいちどだけ目にしたことがあるが、その足さばきは人の身とは思えぬほど軽やかで、剣筋は風のごとき疾《はや》さだった。武芸上覧で葵の剣を見た時にも、同様のおどろきに打たれたものである。

「ふしぎなことなど何もございませんわ、上。わたくしどもは常に戦場に在《あ》るのですもの」

明石の君はなんでもないことのように笑顔であかした。

「戦場？」

と吉康が聞けば、明石はうなずく。

「上はご存知でございますか？　わたくしどものまとう女房装束の重さは、殿方の甲冑《かっちゅう》にひとしいこと。この十二単《ひとえ》こそ女の戦《いくさ》装束。麗《うるわ》しき衣をまとい、城のあちこちを行き来する。それこそがわたくしどもの戦なのです」

その答えに、吉康は破顔した。

「なるほどな。男どもは甲冑を脱いでも、そなたらは日々戦っておるわけか。どうりで敵わぬはずだ。散華姫といいそなたといい、まこと女子《おなご》は強い」

吉康の言葉に、明石の君はふと真顔になる。

「上。そのことでうかがっておきたいことがあるのです。おそらく飛龍どのも同じお気持ちで

ございましょう」

「申せ」

吉康はうながした。

「葵を桜花衆の総長に据えたのは、ほんとうに剣の腕を見込まれただけでございますか？」

まっすぐこちらを向いた明石の瞳を吉康はちらと見やった。傍《かたわ》らの直賢もおなじ目で吉康を見あげている。二対の目に背を向けて、吉康は池の水面をながめた。

「十七年前、吹雪姫が一度だけ語ったことがあるのだ。自分を攫《さら》った異国の鬼は、奇妙な異国の草花についてよく話していた、と。陽源《ヒノモト》へその鬼が来たのも、この国の草花について学ぶためだったとな」

背を向けていても、明石の君と直賢がおどろきに打たれるのがわかった。

「吹雪姫を攫った鬼が行方をくらませたのも十七年前。戦の起こる直前だ。外来種《がいらいしゅ》と何も関わりがないとは思えぬ」

「では、葵を桜花衆に入れたのは、その鬼——幽玄《ゆうげん》をおびき寄せるため、だったのですか」

直賢が口をひらく。吉康は目を瞑《つむ》った。

「何事も起こらぬのであればそれでもいいと思ったのだがな。散華姫が頭領となったとたん、あの幽玄が現れた。これは偶々《たまたま》ではあるまい」

海都に外来種をばら撒き、混乱におとしいれた怪僧は、葵に父であることを明かし、姿を消した。今回は取り逃がしたにせよ、葵が桜花衆にいるかぎり、いずれまた現れるだろうと吉康は踏んでいる。

「今度こそ外来種をこの陽源《ヒノモト》から殲滅《せんめつ》する。そのためには手段を選ばぬと決めたのだ。恨んでも構わぬぞ、直賢。そなたになら、鬼となじられても文句は言えぬ」

吉康が淡々と言うと、直賢からは静かな声が返ってきた。

「いいえ。鬼というならこの直賢も同じこと。剣を手にした時から、葵も覚悟は決めておりましょう」

「ご心配にはおよびませんわ。葵はわたくしが手塩にかけて育てた、かわいい弟子ですもの。それに、桜花衆にはあの方がおられます。あの方ならきっと葵の支えとなってくれましょう」

くもりのない明石の声に、吉康は思わず顔をあげ、呟《つぶや》いた。

「和狼の小倅《こせがれ》か……」

声に毒がまじるのは、息子ではなく父親のほうに鬱屈《うっくつ》がありすぎるからだ。

「ご苦労が多かったぶん、いささか屈折しておられますが、性根はしごくまっとうなお方。上もそれをご存知だったからこそ、葵を桜花衆の総長に任じたのではございませんか？」

「さあ。覚えておらん」

吉康ははぐらかした。明石の君はくすくすと笑っている。

「わたくしが心配なのは、むしろ葵の貞操《ていそう》についてですわ、上」

明石の発言に、直賢がぎくりとした様子で飛びあがった。

「て、貞操……？」

「師のわたくしが申すのも何ですけれど、葵は色恋にいささかうとくて鈍いところがありますから。知らず知らずのうちに殿方をその気にさせて、気づいた時には取り返しがつかなかった……などということもあるのではないかと」

「明石の君!?　と、取り返しがつかなくなるなど、葵にかぎってそのような！」

「とはいえ、男ばかりの桜花衆に葵のようにうら若い乙女を送りこむのですもの。どんなまちがいが起こるやら、考えただけでわたくしの胸が高鳴ります」

扇を胸に置いてため息をついてみせた明石に、吉康はあきれた目を向ける。

「そこは胸を痛めるところであろう。高鳴らせてどうする」

明石の言葉に赤くなったり蒼《あお》くなったりしていた直賢は、意を決したように吉康の前に進み出て膝《ひざ》をついた。

「蒼龍公。おそれながら、やはり葵をこれ以上桜花衆に留め置くのは……」

「まあ待て、直賢。散華姫のことだ。まちがいなど起こりはせぬ。ただ一人を除いてな」

先刻さんざん直賢をいたぶったことを棚に上げ、吉康はもっともらしく取りなした。

「ただ一人？」

決意を顔にみなぎらせていた直賢は、けげんそうに眉《まゆ》を寄せる。

「ああ。万一、かの姫が操《みさお》を散らせるようなことが起こるとしても、花を手折《たお》るのは十中八九、あの男であろうよ。その時は、和狼の倅に責任を取らせればすむことだ」

「責任、と申しましても」

　飛龍直賢は困惑したように眉を八の字にした。

「あの男にも鬼の二《ふた》ツ名《な》があるそうだ。散華姫と鬼副長というのも、なかなか似合いの夫婦となりそうではないか」

　冗談半分で口にした吉康に、直賢はあっけに取られ、明石の君はくすりと笑う。

　絶対にありえないことのような気がしたが、口にしてみると存外悪くない考えに思えるのがふしぎであった。

※

　葵にはこのところ、ひそかな悩みがある。

「ああすっきりした。ありがとう、和狼。気持ちよかったわ」

　葵はほっと息を吐き。体を起こすと、衿元《えりもと》を軽く直して言った。

「もうよろしいのですか？」

　和狼はどことなく名残惜しげに言う。

「ええ。もうじゅうぶんよ。半刻ほど仮眠をとるだけでだいぶちがうわね。和狼のおかげよ」

「寝不足で公務にあたられては、いざという時に差し支えますから」

「でも、ひざまくらまでしてくれるとは思わなかったわ」

読みさしの書物を閉じると、和狼はそっけなく言った。

「これも副長の仕事ですので」

「総長のひざまくらをするのが副長の仕事なの？　桜花衆にそんな決まりがあるなんて知らなかったわ」

首をひねっていると、和狼は悪びれもせずに答える。

「最近できた規則です」

「寝ているあいだ、髪をなでられたような気がするのだけど」

「おかしらの髪に外来種の影響が出ていないか、確かめておりました」

文句があるかと言わんばかりの態度に、葵はそれ以上追及する気をなくし、息をつく。

「ああ……そう」

最近、和狼の様子がなんとなくおかしい。

どこがどう、とははっきり言えないのだが、以前のようにがみがみと口うるさく説教されることが減った気がするし、二人でいる時は態度が少しやわらかくなったように思える。

それが葵を総長として認めてくれた結果なのか、あるいは先日の外来種・絶倫発情花《ぜつりんはつじょうか》の毒の影響が尾を引いているのか、今もってさだかではない。

つい先刻も、説教が減ったのと裏腹に、分量が増大している和狼の報告書を処理するために寝不足だった葵が仮眠をとろうとすると、「私の膝でよければお貸ししましょう」と和狼のほうから申し出たのだ。

たまげた葵は思わず和狼の額《ひたい》に手をあて、熱を計ったほどである。

先日、大石川《おいしかわ》の植物園に出かけた折も、石段で手を引いてくれるやら、にわか雨があれば羽《は》織《お》りをかけてくれるやら、かいがいしく世話をやいてくれるため、葵としては気恥ずかしいような、こそばゆいような心地がしたものだった。

葵が考えこんでいると、和狼がけげんそうに聞く。

「どうかされましたか？」

こちらを向いたその顔を、葵がじっと見つめていると、和狼の瞳がわずかに揺れた。

「和狼、あの……」

意を決して葵が口を開いたとたん、

「んもォ!!　まぁたこんなトコでいちゃついてる！」

すぱあん！　と障子《しょうじ》がひらき、厳次郎《げんじろう》の金切り声が飛びこんできた。

「誰もいちゃついてなどおらん」

舌打ちでもしそうな仏頂面で和狼は横を向く。

「何かあったの？　厳次郎」

葵が問えば、仁王立《におうだ》ちになった一番隊隊長は、ふてくされたように報告した。

「外来種が二箇所で発生だって。拾兵衛《じゅうべえ》も豹堂《ひょうどう》さんも出払っててボクの隊だけなんだけど」

「すぐ行くわ。和狼、出役の差配をお願い」

「承知しました」

葵がきびきびと立ち上がると、和狼もそれに従う。

「まったく……これからという時に」

廊下に出たところで無念そうな呟きを聞きとがめ、葵は足を止めた。

目をやれば、廊下のすみには鑑定方《かんていがた》の見島《みしま》医師が書きつけを手にたたずんでいる。

「あら見島。ひょっとして、のぞいてた？」

葵が鎌《かま》をかけると、見島はいかにも心外という顔で眼鏡を押し上げる。

「何を根拠にそのような」

「このところ障子によく穴があいているし、さっきもなんだか視線を感じたのだけど」

「はて。何のことやらわかりかねますな」

堂々としらを切るずうずうしさにあきれつつ、葵は気を取り直した。

「まあいいわ。ところで和狼の病のことだけど、あれって本当に解毒できたのかしら？　いまだに二人きりになると、様子がおかしくなるのだけど」

「さあ。それは今後の経過を観察してみないことには何とも……」

見島は言葉をにごすと、あやしげな書きつけを大事そうに懐《ふところ》にしまった。

「おかしら、お早く！」

先をゆく和狼が振り返り、葵を呼ぶ。そのしかめ顔は、いつもどおりの鬼副長だ。

（やっぱり、わたしの思い過ごしなのかしら……）

などといぶかりながら、葵は和狼を追って歩きだした。

彼の変調が絶倫発情花の毒によるものか、はたまた別の理由によるものか。

それを知るのはいまのところ、副長本人のみである。

了

あとがき

こんにちは、彩本《あやもと》です。お久しぶりの新作は和風異世界が舞台になりました。おっとり姫君と堅物副長のラブコメです。副長は、鬼というより苦労性かもしれません。

剣客集団と剣豪《けんごう》ヒロインとか、副長とひとつ屋根の下とか、気がつけば、作者の好みを全力射撃したお話に仕上がりました。どうか気軽にお楽しみくださいませ。

このお話は、2012年の雑誌コバルト5月号に掲載された短編を長編化したものです。

ずっと書きたいなと思っていたお話を雑誌に載せていただいたばかりか、文庫にする機会までいただいて、今は本当にうれしいです。担当様、編集部のみなさま、ありがとうございます。

イラストを描いてくださったくまの柚子《ゆずこ》さま。美しくもかっこいい桜花衆《おうかしゅう》の面々をありがとうございます！　いただいたラフでは軍服姿の蒼龍《そうりゅう》公にしびれました。

目に見えるかたち、目に見えないかたちで、この本の制作にお力をかしてくださったすべての方に、心より感謝申し上げます。

この本を手に取り、最後まで読んでくださって、本当にありがとうございました。

彩本和希

※この作品はフィクションです。実在の人物・団体・事件などにはいっさい関係ありません。

あやもと・かずき

11月20日生まれ、蠍座。『アルカトラズの聖夜』で、2007年度ノベル大賞読者大賞受賞。コバルト文庫には受賞作を文庫化した『アルカトラズの聖夜』のほか、『王の書は星を歌う』シリーズ、『レディ・スカーレット』などがある。本と漫画と音楽と、おいしいパンと珈琲があれば毎日わりとしあわせ。パンも好きだがごはんも好きなので、たきたてを口にする瞬間は至福のひととき。

姫頭領、百花繚乱！

恋の病と鬼副長

COBALT-SERIES

2013年6月10日　第1刷発行

★定価はカバーに表示してあります

著者　彩本和希

発行者　鈴木晴彦

発行所　株式会社　集英社

〒101−8050

東京都千代田区一ツ橋2—5—10

電話　東京　(3230) 6268（編集部）

(3230) 6393（販売部）

(3230) 6080（読者係）

印刷所　株式会社美松堂

中央精版印刷株式会社

ISBN978-4-08-601731-2 C0193

好評発売中
コバルト文庫
令嬢の波乱万丈ファンタジー！
レディ・スカーレット
令嬢の危険な恋人
彩本和希
イラスト／梶山ミカ
総督令嬢として育ったアルディアは、父の
急死で使用人として宮殿に残されることに。
なんとか父の汚名を晴らそうとするが…？